U0869170

文治
© wénzhì books

雪國

雪国

[日] 川端康成 著
烨伊 译

四川文艺出版社

目录

雪国

穿过县界长长的隧道，便是雪国。夜空之下，赫然一片凝白。火车在线路所停了下来。

对面座位上的姑娘起身，托起岛村面前的玻璃窗。冰雪的寒气一下子卷入车内。姑娘将整个身子探到车窗外，朝远处喊道：

“站长先生，站长先生！”

一个男人提着灯，缓慢地踏雪而来。他的围巾缠到鼻子往上，帽子的皮护耳垂在耳边。

已经这么冷了吗？岛村向外张望，只见几座铁道员工宿舍模样的木板房冷清地散落在山脚，雪色未及延展到那边，便被黑暗吞噬。

“站长先生，是我。您好啊！”

“哎呀，这不是叶子小姐吗？您回家吗？这天气又冷起来啦。”

“听说我弟弟这一回调到您这里工作了。还望您多多关照！”

“我们这种地方，待不了多久就会寂寞得受不了啦。可怜你弟弟还那么年轻。”

“他还是个孩子，要麻烦站长先生多加教导。拜托您啦！”

“没问题。他很有干劲呢。接下来要有的忙了，去年的雪下得可大了，经常雪崩，火车被堵在铁路上动弹不得，村里人都忙着给旅客端水送饭。”

“我看站长先生穿得很厚啊。弟弟在信上说，他连背心都没有穿呢。”

“我穿了四层衣服。年轻人冷了只知道一个劲儿地灌酒，然后就全都感冒啦，东倒西歪地在那边躺着呢。”

站长朝宿舍的方向挥了挥手里的提灯。

“我弟弟也喝酒吗？”

“他倒是不喝。”

“站长先生要回去了？”

“我受了点儿伤，要去看医生。”

“哎，这可不得了。”

在和服外面裹了一件外套的站长，似乎不想继续在大冷天里站在外头说话，已经转过身去：“那你就多保重吧！”

“站长先生，我弟弟现在在外面吗？”叶子的目光在雪地上巡睃，“站长先生，拜托您多多关照我弟弟！”

她的嗓音动听到几近悲凉。语声清越，仿佛夜晚的雪地都要激起回声。

火车已经开动，但她依然没从窗口缩回身子。列车赶上走在铁道旁的站长时，她又喊道：

“站长先生，请转告我弟弟，下一个休息日回家一趟——”

“知道啦——”站长提高声音回答。

叶子合上窗，双手捂住被冻得通红的脸颊。

这县界的山间，通常会备三辆扫雪车供雪天使用。隧道南北两头架有电力控制的雪崩警报线。两千名青年消防队员外加五千名铲雪民夫均已到位，随时可以出动。

从今年冬天起，这位叶子姑娘的弟弟就要在这样一个行将被大雪埋没的铁路线路所工作。得知这一消息，岛村对她的兴趣更浓了。

不过，说她是位“姑娘”仅仅是岛村的推测，和她同行的男人与她究竟是什么关系，岛村自然无从得知。两人的举动很像夫妻，而男人明显有病在身。看护病人很容易消除男女之间的隔膜，越是细致入微地照拂，两人越是显得像夫妻。一个女人细心呵护比自己年长的男人，俨然一副小母亲的模样，粗略一看，二人着实不免被认作夫妇。

岛村不过是割裂地只看叶子一个人，从言谈举止之间，擅自判断对方还是个姑娘罢了。但这也可能与他过分好奇地盯着对方太久有关，导致他把自己的感伤也加了进去。

那是三个小时之前的事。岛村百无聊赖地端详着左手食指，摆弄来摆弄去。终于发现，只有这根手指，生动地记得自己将要去见的那位女子。越是急着清楚地回忆起对方，靠不住的记忆就越是模糊不清。在无从把握的记忆中，唯有女子在这根手指上留下的触感仍旧濡湿，仿佛能将自己牵引到远方的女子身边。他一面为这奇妙感慨，一面不时将手指放到鼻子前头闻闻。不经意间，指尖在窗玻璃上画出一条线，清晰地浮现出一只女人的眼睛。他差点惊得叫出声来。不过这是由于他的心飞到远处，回过神来便发现窗户上映出来的是对面座位上的女人，明白此事不必大惊小怪。窗外夜幕已经降临，车厢里亮起了灯。于是窗玻璃成了镜子。不过，暖气的温度让窗玻璃覆了一层水汽，不用手指去擦，也就没有那面镜子。

玻璃上仅映出姑娘一只眼睛，反而异常迷人。岛村将脸凑近窗户，急忙装出一副旅途中的惆怅模样，假装要看黄昏的风景，用手掌揩亮玻璃。

姑娘微倾着上身，一心一意地看护躺在眼前的男人。见她肩膀用力，眼睛一眨也不眨，目光中露出一点严肃的样子，便知道她多么认真。男人头靠窗躺着，一双腿蜷起来放在姑娘身旁。这是三等车厢。他们的座位不挨着岛村，而是在对面一排的另一边，所以镜子里只能看到侧躺着的男人半张脸。

姑娘正好斜对着岛村，原本也可以直接看到她，可他们两人上火车时，岛村看到姑娘的美，顿时有某种沁凉之感刺入心扉，不由惊得垂下眼帘。而就在那时，他瞥见男人用一双青黄的手紧抓着姑娘的手，便自觉不该朝他们那边多看。

镜中的男人目光只及姑娘的前胸，显得神色平静而安宁。尽管体力衰弱，却也因此而显出一种宁静与祥和。他的围巾铺在枕上，又绕到鼻子下面，把嘴捂得严严实实，再向上裹住脸颊，像面具似的。有时围巾松了，或者盖住鼻子，他刚要动一动眼睛，姑娘已经温柔地替他围好。两人旁若无人地重复了好几次同样的动作，以至于岛村看得都有些不耐烦。男人的外套下摆裹着他的脚，也时不时地散开垂落。姑娘同样立刻察觉，帮忙裹回原样。这一切极为自然。他们就这样忘记了距离，仿佛要一直走向遥远的天涯海角似的。因此岛村并不觉得自己因为看到什么悲惨的境况而难过，而是觉得像在梦中远眺一幕拉洋片。这与他先前在奇妙的玻璃镜上看到的情景也不无关系。

镜子的衬底，是流动的黄昏风景。也就是说，镜中映出的事物和镜子本身，像双重曝光的电影一般流转变幻着。影片的登场人物和背景毫无关系，并且人物是透明而虚幻的影像，风景则是朦胧流逝的日暮天光，二者相互融合，描绘出一个不存在于人世的抽象世界。尤其是野山的灯火辉映在姑娘脸上的时候，那难以言喻的美，让岛村的心都为之震颤。

远山的上空还残留着几分晚霞的颜色，玻璃窗外，远处的风景尚未失去轮廓，但已经褪尽了色泽。野山的姿色显得越发平庸，行到何处都是一样。正因为没有什么特别的东西能引人注目，岛村心中反而涌动着一股情感的激流。这自然是姑娘的脸庞浮现在其中的缘故。尽管只有映着她容貌的那一块镜面挡住了窗外的风景，但黄昏的景色一刻不停地在姑娘的轮廓周围流动，让人觉得姑娘的脸庞也像是透明的。可若要细细分辨是否真的透明，又会产生一种错觉：不断从那张脸庞后面流逝而过的暮色，也变得像从脸庞上面流过似的，教人把握不住。

车厢里并非灯火通明，那扇窗也不像真的镜子一样清晰，窗上没有光的反射。看入了迷的岛村，也就渐渐忘记了眼前这面镜子，当真以为那位姑娘飘浮于流逝的暮色之上。

灯火就在此时辉映在姑娘的脸上。镜中的影像没能清晰到盖过窗外的灯火，灯火也未能盖过镜中的影像。于是灯火从她脸庞上流过，却未能照亮她的脸庞。那束亮光冰冷而遥远，模模糊糊地照亮了她小巧眼瞳的四周。姑娘的眼瞳和灯火重叠的刹那，有如飘荡在暮色浪涛中的萤火虫，妖艳而美丽。

叶子不可能发觉有人正这样看着自己。她的心思全在病人身上，就算朝岛村那边望过去，也看不到窗玻璃上映出的自己，更不会将目光停留在一个眺望窗外风景的男人身上。

这方映着黄昏景色的镜子有一股超乎现实的力量，岛村暗暗看了叶子好一会儿却不感到歉疚，大概就是被这股力量吸引了吧。

所以，看到她过分一本正经地和站长打招呼时，岛村也许已经对她产生了一种戏剧性的好奇。

经过那个线路所的时候，窗外已是一片漆黑。在窗玻璃上流逝的风景消失后，镜子也失去了魅力。尽管叶子美丽的脸庞还映在镜中，尽管她的动作仍旧温存，岛村却从她身上发现了某种澄澈的清冷，即使镜子起了雾也不想去擦。

没想到，那之后半小时左右，叶子二人竟和岛村在同一个车站下车。岛村又觉得也许会发生什么和自己有关的事，回过头去，目光触到的却是站台的冰冷。他突然为自己在火车上的无礼羞愧难当，头也不回地从火车头前面走了过去。男人抓着叶子的肩膀，正要走下铁路，却被一位车站的工作人员举手制止。

不久，黑暗中驶来一列长长的货车，遮蔽了二人的身影。

旅馆来接客人的掌柜穿着厚厚实实的防寒服，活像奔赴火场的消防员。耳朵包着，脚上穿着橡胶长靴。有个女人站在候车室里，朝窗外铁路那边张望。她也披着蓝色斗篷，扎紧了头巾。

火车里的热乎气儿还没消散，岛村尚未感受到户外真正的严寒，不过这是他第一次经历雪国的冬天，一上来就被当地人的装束吓到了。

“真冷到要穿成这样吗？”

“是啊，已经彻底换上冬装了。雪后要放晴的前一天晚上会特别冷。今天夜里气温可能就要降到零下啦。”

“这就是零下的感觉吗？”岛村眼望着垂挂在屋檐上的那些可爱的冰柱，坐上旅馆掌柜的汽车。家家户户本就低矮的屋顶被雪色衬得更低，村庄仿佛阒静地沉落在谷底。

“怪不得手碰到哪里都冷得不行呢。”

“去年最低温度零下二十几摄氏度，那是最冷的一天。”

“雪呢？”

“雪嘛，一般得有七八尺深；厚的时候，能超过一丈二三尺吧。”

“大雪还在后头喽？”

“后头有的下呢。这场雪前阵子才积了一尺来深，现在基本都化了。”

“原来也是能化掉的啊。”

“说不准什么时候就会下大雪。”

这时候是十二月初。

岛村的鼻子之前总像感冒还没好似的堵着，这会儿一下子通到了脑门儿，鼻涕流个不停，好像要把脏东西冲掉似的。

“师傅家的姑娘还在吗？”

“哦，在呢，在呢。她刚才去车站了，您没见着吗？裹着深蓝色的斗篷。”

“那个人是她啊？一会儿能叫她过来吧？”

“今晚吗？”

“是今晚。”

“她说师傅家的少爷要搭刚才那班末班车回来，去接他啦。”

原来，镜中的暮色里，叶子照顾的那位病人，正是岛村来见的女人家的少爷。

听说此事，似乎有某种情绪从岛村的心头一掠而过，可他却没有把这份际遇看得多么不可思议。真正让他不可思议的，是他不为之惊讶这件事本身。

不知道为什么，岛村心里的某个地方似乎已经预见到，自己凭手指记得的女人和眼里亮着灯火的女人之间，应该有某种关联，或是会发生些什么。也许是还没从那面暮色之镜中清醒过来的缘故吧。那流动的暮色，不就是时间流逝的象征吗？——他忽然嘟囔起来。

滑雪季节到来之前，是温泉旅馆里客人最少的时候。岛村从室内温泉出来的时候，旅馆静悄悄的，大家都睡下了。老旧走廊的玻璃窗伴随着他的脚步发出细碎的声响。走廊尽头的账房拐角处，一个女人亭亭玉立，和服的下摆摊在冰冷黑亮的木地板上。

岛村看见那和服下摆，心里一惊，心想，她到底还是当了艺伎。但女人既没有朝他走来，也没有变换姿势迎接他的意思。虽然离得远，但他仍能从那一动不动的站姿中，领受到某种真挚的情感，赶忙走了过去。纵然站到女人身旁，他还是沉默不言。女人也是一样，涂着厚厚白粉的脸努力微笑着，反而像要哭了似的。于是两人什么也没有说，往房间走去。

明明有了那种事，却信也不写，面也不见，连说好要寄的舞蹈书都没有寄来；在女方看来，对方肯定是一笑了之，早把自己忘了。照理说，应该由岛村先道歉或讲明原因才是。可两人就这么走着，没望彼此一眼，岛村也能感觉到女人非但不责怪他，反而整个身体都对自己充满眷恋。他越发觉得，无论说什么，大约都只会显得自己不够真诚。他仿佛沉浸在被她征服的甜美喜悦之中，走到楼梯口，忽然在她眼前伸出左手食指，余下的手指攥成拳：

“这家伙对你的印象最深。”

“是吗？”女人握住他的手指便不再松开，拉着他走上楼去。

到了暖桌前，她松开手，脸一下红到脖子，为了掩饰又慌忙拉过他的手：

“是它记得我吗？”

“不是右手，是这只啦。”岛村将右手从女人的手心里抽出来，伸到暖桌里头，又伸出左拳。

她一副若无其事的表情说道：“嗯，我知道。”

然后一面抿着嘴呵呵笑，一面掰开岛村的手，把脸贴在他的手心。

“是它记得我吗？”

“哎呀，好凉。我第一次摸到这么冰凉的头发。”

“东京还没下雪吗？”

“那时候你是那样说的，可到底还是在说谎啊。要不然，谁会在年底跑到这么冷的地方来啊？”

那时候——那是雪崩的危险期已过，进入欣赏新绿的登山季的时候。

再过不了多久，饭菜里就见不到野木瓜的新芽了。

岛村整日无所事事，很容易就在不知不觉间觉得一切都无所谓。他觉得山野最能唤回失去的真诚，便经常独自在山间漫步。那次他在县界的群山中待了七天，当晚来到村里洗温泉，照例吩咐店家叫来一位艺伎。然而，那一天正赶上修路的竣工庆典，村里热闹非凡，连兼做戏棚的蚕房都被借来办宴会了，村里的十二三名艺伎根本忙不过来。店家说，反正也请不来她们，倒不如问问师傅家的姑娘。虽然她也在宴会帮忙，但跳两三支舞就会回来。岛村多问了几句，女佣便洋洋洒洒地说了一堆。原来这位姑娘住在教三弦和舞蹈的师傅家里，虽不是艺伎，遇上大的宴会场合，偶尔也会被请去帮忙。村里没有雏伎，多是不愿意起身跳舞的老女人，于是姑娘更是被奉为珍宝。她虽然很少独自去旅馆客人的房间，却也不能说还是个黄花大闺女了。

岛村觉得女佣的话不怎么可信，也就没当回事；没想到约莫一小时后，女佣竟然把姑娘带了进来，就是那个女人。岛村不禁一愣，赶紧坐直了身子。女佣立刻起身要走，姑娘拽住她的袖子，让她接着坐在屋里。

女人给人的印象出奇地洁净，让人觉得她恐怕连脚趾缝都是干净的。岛村甚至怀疑是不是自己的双眼看多了初夏的群山，出了什么错觉。

她那时的装扮隐约有种艺伎的风范，但和服下摆当然没有拖长，柔软的单和服当然也穿得整整齐齐。只有腰带看上去十分昂贵，与其他的衣衫不太相称，看在眼里，反而让人疼惜。

他们聊起山里的事，女佣趁机走开了。但岛村发现，女人连村里就能望见的几座山的名字都记不全，他自己也没有喝酒的兴致。没想到，女人见此情状，竟爽快地讲出自己的身世：她生在这雪国，在东京做陪酒女侍时被赎身，原本打算今后做一个教日本舞的老师，立身谋生，不料才过了一年半的安生日子，丈夫就过世了。不过，真正让她成了一个有故事的女人的，恐怕是丈夫死后到现在发生的事，她亦不愿立刻讲明。她说自己十九岁。也许没有说谎，但她看上去其实有二十一二岁了。岛村这才觉得自己不必太过拘束，他和她聊起歌舞伎的话题，发现女人比他更了解演员的演绎风格和小道消息。也许她一直渴望有一个人能和自己聊这些，于是聊到酣畅处，便显露出扎根于烟花柳巷的女人才有的自来熟。似乎多少也了解一些男人的心思。尽管如此，岛村的第一印象已经认定这女人是位良家闺秀，再加上自己足足有一个星期没怎么和人讲话，格外渴望人的温暖，自然满怀热忱。他首先在这女人身上感受到了类似友情的东西。山中感伤的情绪在女人身上也留下了痕迹。

第二天下午，女人将泡温泉用的东西放在走廊上，到他的房间来玩。

就在她要坐下来的时候，他突然要她帮忙找个艺伎。

“你要我帮什么忙？”

“你肯定知道的啊。”

“好讨厌。我可是做梦都没想到你会让我帮着做这种事。”女人一脸嫌弃地走到窗边，眺望县界的群山，脸却渐渐发红，“这里可没有那样的人！”

“骗人。”

“真的！”她唰地一扭身子，和岛村面对面地在窗边坐下来，“我们这里绝对不会强迫人家。一切都看艺伎自己的意愿，旅馆也一律不干这种事。我说的都是真的，不信你就随便叫个人来，自己问问看。”

“你就试试帮我找一个来嘛。”

“我为什么非得做这种事？”

“因为我把你当朋友。我想和你做朋友，所以不追求你。”

“所谓的朋友就是这样吗？”女人终于上了钩，像孩童般提问。接着继续发泄不满：“你可真厉害。居然好意思求我为你做这种事。”

“这有什么大不了的嘛。山里的生活让我的身体结实了许多。可脑袋还是不够清爽。就连和你，也没法痛快地讲话。”

女人垂下眼帘，不再说话。这样一来，岛村只好继续卖弄男人的厚脸皮，但女人似乎通情达理，习惯了顺从。岛村望着她低垂的双目，许是那浓密的睫毛，令她整个人显得温暖而妖媚。女人轻轻摇了摇头，脸上又微微泛起红晕。

“那就叫个你喜欢的人来吧。”

“我不是在向你打听嘛。我初来乍到的，不知道哪个长得漂亮。”

“你是要找个漂亮的？”

“年轻的比较好吧。年轻的不管哪方面都差不到哪里去。找个不吵闹的，不怎么说话的就行。人木木的，身子不脏的。想聊天的时候找你就行了。”

“我可不会再来了！”

“少胡说。”

“哎呀，我可不来了。来干吗呢？”

“我不是想和你清清白白地做个朋友嘛，所以才不追求你。”

“真是拿你没办法。”

“如果咱们俩干了那种事，说不定明天我连你的脸都不想见了。也不会有跟你聊天的兴致了。从山里来到这儿，我好不容易才想跟人亲近亲近，所以才不会追求你。毕竟，我就是个旅人嘛。”

“嗯。你说的倒也是。”

“本来就是。如果我找了个你讨厌的女人，今后再见面的时候，你心里也不痛快。你亲自给我挑一个，兴许还好些。”

“我不管。”她狠狠地扔下这么一句，把脸转到一边，却又说，“这话倒是不错。”

“要是和你做了什么就完了，就没有那个韵味啦。我们也长久不了吧。”

“没错。大家都是这样。我出生在一个海港，而这里是个温泉乡。”没想到女人坦率地说，“遇见的客人基本都是旅途中的漂泊者。那时我还是个孩子，很多人都说过，没什么缘由就喜欢上彼此的人之间，还是不把喜欢说出口的那一方，会让人一直惦念，怎么也忘不了。分别以后好像就是这样的。对方也会常常想起你，有时会写封信来，大概就是这样的吧。”

女人从窗边站起来，柔媚地坐在窗户下面的席子上。看她脸上的神情，仿佛是回望了遥远的过去，才突然坐到岛村身旁似的。

她的声音充满真情实感，反而让岛村有些许内疚，怀疑自己是否不费力气地骗了她。

可是他也没有说谎。这女人毕竟还是干干净净的，他对女性的欲望，不至于要从她身上求索，完全可以用没有罪恶感的方法轻松解决。她洁净得过了头。第一眼看到的时候，他就已将自己要的人和她区分开来。

而且，他那时正在为挑选夏天的避暑地而发愁，有意带全家人到这个温泉村来。如果真的成行，正好这女人是个良家女子，还能给妻子当个好的玩伴。妻子无事可做的时候，至少能跟她学一支舞蹈。他确实认真考虑过这些。说是想和这个女人做朋友，可他还是越过了友情的浅滩。

当然，这也与岛村在火车上看到那面映着暮色的镜子有关。

现在的他，不仅不希望因为和女人搞暧昧而平添一堆麻烦，也许还有一种不现实的想法，就像黄昏的火车窗玻璃上映出的那个女人的脸一样。

他对西方舞蹈的兴趣也是一样。岛村是在东京平民区长大的，从小就熟悉歌舞伎戏剧，但上学时，爱好开始偏向舞蹈或舞剧。依照他的个性，凡是自己喜欢的东西，不将它摸个透彻就不会善罢甘休。所以他又是翻查历史记录，又是四处走访各派宗师，没多久还认识了日本舞蹈的新生代，甚至写起研究和评论文章来。这样一来，他自然对日本舞蹈陈旧的传统和学界种种自命不凡的新尝试大为不满，情绪激昂地非要投身到实际的运动中不可。可当跳日本舞的年轻人邀请他加入时，他却忽然转头研究起西方舞蹈，对日本舞蹈看也不再看一眼。他开始收集关于西方舞蹈的书籍和照片，还费心费力地从国外弄来舞蹈的海报和节目单，这绝不仅仅是对异国文化与未知的好奇心使然。之所以能从中发现新的乐趣，是因为岛村不能亲眼看到西方人的舞蹈。日本人跳的西方舞蹈他看也不看一眼，这便是最好的证明。借助西方的印刷品，撰写西方舞蹈方面的文章，没有比这更轻松的事情了。把没见过的舞蹈写出来，无异于天方夜谭、纸上谈兵，就像书写天堂传来的诗篇。虽然打着研究的旗号，却尽可以天马行空地想象。不是在鉴赏舞蹈家活生生的肉体表演的艺术，而是在鉴赏他自己从西方的文字或照片中衍生的妄想。这就好比为一个没见过面的恋人神魂颠倒。况且，由于时不时写一些对西方舞蹈的介绍，岛村也成功挤进文人之列。尽管他有时嘲笑自己的身份，但这对没有工作的他来说，仍不失为一种慰藉。

岛村与舞蹈之间的故事，帮助女人与他亲近起来。可以说，那些知识终于在现实中派上了用场。而或许岛村在不知不觉间，也在用他对待西洋舞蹈的态度对待这个女人。

因此，当他发现自己旅途中带着些许怅惘的发言，似乎触碰到了女人生活中最柔软的部分时，他的确感到内疚，认为自己欺骗了她。

“这样一来，下次我带家里人一起过来的时候，就能和你畅快地玩了。”

“嗯，这个我已经充分理解啦。”女人沉下声音，微笑道。接着又有点像艺伎那样，活泼地说：“我也很喜欢那样，细水长流嘛。”

“所以你去帮我叫一个吧。”

“现在？”

“嗯。”

“你可真敢说啊。这大白天的，叫人怎么问得出口？”

“我可不想要别人挑剩下的！”

“你怎么能这么说呢？你是错以为我们这里是一个发横财的温泉乡了吧！看看村里的情形，你还不明白吗？”

女人竟用格外认真的语气，反复向岛村强调，这里没有他想要的那种女人。每当岛村质疑，她就更加较真。不过还是退了一步，说这种事情无论怎样都是艺伎本人说了算，有没有提前和东家打招呼的区别只在于，如果没打招呼就和客人过夜，出了什么事都是艺伎的责任，无论发生什么东家也不会管。但如果事先打了招呼，出了事就是东家的责任，发生什么东家都会负责到底。

“责任是指什么？”

“就是怀孕了，或者染上什么病之类的。”

岛村不禁为自己问出这么个蠢问题而苦笑，边笑边想，说不定在这个村子里，真有人干出过这么随便的事。

岛村整日无所事事，自然有一种寻求保护色的心态。也许因为这个，他本能地对旅行目的地的风土人情十分敏感。从山上下来，他立刻觉察出这个村庄有一股淳朴的气息，从中感受到一种宁静。到了旅馆一打听，果然这里是雪国这一带生活最悠闲的村子。听说直到这几年通铁路为止，这里基本上就是农户们的温泉乡。有艺伎的人家大多是饭馆或卖红豆汤的小店，门口挂着褪色的布帘。那熏黑的老旧纸拉门，不由得让人怀疑，这样的店怎么还会有客人。日用杂货店或粗点心店都只雇一个长工看店，店主们若是不在店里，就是去地里忙活了。大概因为这姑娘是师傅家里的人，虽然没有执照，偶尔去宴会帮个忙，也没有艺伎怪罪。

“那大概有多少人呢？”

“艺伎？十二三个吧。”

“你说哪样的好呢？”岛村说着站起来要去按铃——

“我回去了啊。”

“你可不能回去。”

“讨厌，”女人像要挥开屈辱似的，“我回去了！好了，我不会多想的。还会再来的！”

可她看看女佣，又一脸若无其事地坐了回去。女佣问了好几次要叫谁来，女人也没有说出谁的名字。

然而，不久后来了一位十七八岁的艺伎。岛村只看了她一眼，从山里初来村庄时对女人的欲望就荡然无存了。那黝黑的胳膊瘦骨嶙峋，倒是有股子纯真，看上去是个老实人。于是，岛村尽量不露出索然无味的神色，脸朝着艺伎那边，其实是在看她背后窗外绿意盎然的群山。他也懒得和对方聊天了。那完全就是个山沟沟里的艺伎。艺伎见岛村沉默不语，似乎很是知趣，也默默站起来要走。这样一来，场面更加尴尬。岛村想，怎么也过了有一个小时，可以找个理由让艺伎回去了。终于，他想起之前收到一张电汇单，便借口赶着去邮局，和艺伎一起出了房间。

可是，岛村在旅馆的玄关抬头看见后山，又被嫩叶清新的气味吸引，于是憋足了一口气，往山上走去。

他独自笑个不停，也不知到底是什么这样可笑。

后来他有些累了，便一转身，撩起和服单衣下摆，一溜烟地跑下山。脚边飞起两只黄蝴蝶。

蝴蝶相互纠缠着，不多久便飞得比县界的山还要高。黄色渐渐远去，褪成苍白。

“怎么了？”女人站在杉树林的树荫底下，“我看你笑得挺开心的。”

“我不找啦。”又有无缘无故的笑意涌向岛村脸上，“不找了。”

“是吗？”女人忽然转身，慢慢走进杉树林里。他默默跟在后面。

前面是一座神社，石狮子狗身上爬满青苔，女人弯下身，在旁边一块平整的大石头上坐下。

“这里最凉快了。夏天最热的时候，这儿也有凉风。”

“你们这里的艺伎，全都那个样子吗？”

“都差不多吧。上年纪的艺伎里也有长得漂亮的。”她低头淡淡地说。颈上仿佛映着一抹杉树林的暗绿。

岛村抬眼望望杉树的树梢。

“算了。体力一下子都跑光了，真是奇怪。”

杉树很高，不把手放在身后，撑在石头上仰起上半身就望不到顶；而且一排排地挺立着，暗绿色的树叶遮住了天空，四下里寂静无声。岛村背靠的那棵杉树，是其中最有年头的一棵。不知怎的，只有北侧的树枝从下到上全都枯死，剩下的枝干有如倒插在树干上的尖木桩，又好似凶神的一件兵器。

“是我一直以来误会了。从山上下来，第一个见到的是你，就以为这里的艺伎都很漂亮。没承想，是我的疏忽。”岛村笑了。这时他才意识到，自己想要简单地洗去七天来山野赐予的精神头，其实就是因为最开始就看见了这个洁净的女人。

女人无事可做，眼睛一眨不眨地凝望远方西边的日头下泛着光的河川。

“哎呀，我忘记了。你要抽烟的吧？”她故作轻松地说，“刚才我回你房间看了看，你已经走了。我还不知道发生了什么，就看你一个人兴冲冲地爬上了山。我是从房间窗户里看见的。真好笑。我看你好像忘拿烟了，就给你带过来。”

她说着从袖子里拿出他的香烟，点上火。

“我真是对不住那孩子。”

“这有什么，什么时候回去，还不是随客人的便嘛。”

河里石头多，只听得水声温柔而甜美。杉树之间隐约可见对面的山峰，皱襞已经斜进背阴里。

“要是不找一个和你不相上下的女人，以后再见到你，一定会觉得遗憾。”

“这我就管不着了。你可真是死不服输啊。”女人看似生气地嘲讽他，但和叫艺伎之前相比，两人之间已经有了一种完全不同的感情。

自己从最开始就只想要这个女人，只不过是故意绕弯子而已——清楚地认识到这一点后，女人越是讨厌他，岛村就越是觉得她美。在杉林的树荫里喊住他以后，女人好像突然间清爽大方了许多。

她的鼻梁又细又高，多少有点孤冷之感。可鼻子下面，紧紧抿着的小巧双唇却宛如水蛭美丽的环节，伸缩自如。沉默的时候也仿佛在动。那唇上如果有皱纹，或是颜色不够漂亮，肯定会给人一种不干净的感觉，实际则湿润而有光泽。眼角既不往上吊着，也不往下耷拉，一双眼睛像是故意描平的，说不上是哪里有些好笑，但两条浓密的短眉毛略微下弯，恰好将眼睛包在里面。一张圆脸上，颧骨显得有些高。轮廓虽然平常，但肤色好似透着淡红的白瓷，脖颈的地方也没有生出赘肉。她算不上是个美人，但绝对是洁净的。

若以陪酒女人的标准来评判，她算是胸部丰满的。

“你看，不知什么时候飞来这么多蚋子。”女人掸了掸衣服下摆，站了起来。

继续在这片寂静中待下去，两人都只会越来越无所事事，最后难免意兴阑珊。

于是，就在那天夜里十点左右，女人在走廊里大声喊着岛村的名字，像被谁丢进去似的“哐当”一下子闯入他的房间。进了屋就倒在桌子上，喝得烂醉的手胡乱抓着桌上的东西，然后咕咚咕咚地喝水。

说是去年冬天在滑雪场认识的几个男人傍晚翻山过来，她正好遇上，被邀请到他们的房间去。男人们还叫了艺伎，闹得天翻地覆的，最后她就被灌醉了。

女人昏昏沉沉的，一个人语无伦次地说了半天，又踉跄着出去了。

“不好意思，我去去就来。他们不知道我是怎么回事，在找我呢。一会儿我会再回来的。”

大概过了一小时，长长的走廊又传来纷乱的脚步声，似乎一路上跌跌撞撞的，摔倒了好几次。

“岛村先生——岛村先生——”她高声叫道，“啊，看不见啦。岛村先生——”

毫无疑问，这是女人坦诚的心灵呼唤自己男人的声音，岛村没想到她会这样。不过，这尖厉的叫喊声肯定会响彻整间旅馆，岛村怕给其他人添麻烦，为难地起身，只见女人的手指戳破了纸门，抓住门上的木框，咕噜一下倒在他身上。

“啊，你在这儿呀。”

女人缠在他身上坐下来，又靠上他。

“我没有醉啦。嗯，怎么可能喝醉呢？好难受，我只是好难受啊。本性难移啊。唉，想喝水。不该把威士忌掺着喝的。喝了上头，头好疼啊。他们买的是便宜货，我不知道。”

她说着，频频用手心揉搓脸颊。

窗外的雨声突然变大了。

岛村稍微松了松手上的力气，女人便瘫软下来。他抱着女人的头，脸抵着她的头发，几乎要把她做好的头发压塌了。就这样，他将手插进她的前胸。

女人不理会他的要求，两只胳膊像门闩似的压在他要求的东西上。不知是不是醉到吃不上劲，她突然用力咬住自己的胳膊：

“怎么回事，这破东西？畜生，畜生！这该死的东西，一点力气都没有！”

岛村大惊，慌忙拉开她的胳膊，上面已赫然印着一排深深的牙印。

但是，女人已经任由他的手在自己身上游走，还开始乱写乱画。她说要写喜欢的人的名字给他看，然后写了二三十个戏剧或电影演员的名字，接着写下无数个“岛村”。

岛村手掌中那令人欣慰的鼓胀渐渐变得灼热。

“啊，放心了。我放心啦。”他温柔地说，甚至觉得自己像一个母亲。

女人又突然难受起来，挣扎着站起身，伏倒在房间的另一个角落。

“不行，不行。我要回去，要回去。”

“你这样怎么走得动呢？外面下着大雨呢。”

“我光着脚回去，爬着回去。”

“那样太危险了。要回去的话，我送你。”

旅馆在一个小山包上，有一段陡坡。

“把腰带松一松，稍微躺一会儿，酒醒了就好了。”

“那样不行。我这样就可以了，习惯了。”女人端正了坐姿，挺起胸脯，反而喘得更厉害了。她打开窗子想吐，却吐不出来。总是想扭着身子翻滚，却又拼命忍着。时不时像是振作了精神，反复说着要“回去，回去”，就这样挨了一段时间，不知不觉已过了凌晨两点。

“你去睡吧。喂，叫你去睡呢。”

“你怎么办呢？”

“我就这样待着，等酒再醒一醒就回去。趁着天还没亮回去。”她跪着蹭到岛村身边，拉住他。

“都说不用管我了，你就睡吧！”

岛村进了被窝，女人趴在桌子上喝水，突然又说：

“起来。喂，我叫你起来！”

“到底要我怎么样？”

“你还是睡吧。”

“你这是什么意思？”岛村站起来，把女人拽了过去。

女人先是将脸扭过来扭过去地躲闪，不久，猛地将嘴凑了上来。

可接下来，她又像诉苦似的说起胡话：

“不行，不行啊。你不是说过，要和我做朋友吗？”这句话，她不知反复说了多少次。

岛村被她语气中的真诚打动了。他双眉紧锁，皱着一张脸，拼命压抑自己的欲望。但心里已经觉得自己强大的意志简直乏味而败兴，甚至在考虑是否还要遵守和女人的约定。

“我可一点儿都不觉得可惜。这也绝对不是可惜。但是，我不是那种女人。我就不是那种女人！不是你自己说的吗？一旦那样，我们就肯定长不了。”

她醉得几乎全身瘫软。

“不是我不好啊。是你不好！是你输了！是你太软弱，不是我！”她一面脱口而出，一面为了违抗心里的喜悦咬着袖子。

她像失去意识一般安静了一会儿，又忽然想起什么似的，一针见血地说：

“你在笑呢。在笑话我呢，对吧？”

“我没笑。”

“你心里肯定在笑！就算现在没有笑，之后肯定也会笑！”女人趴下身子，抽噎起来。

但她很快便停止哭泣，温柔地紧贴着岛村，小鸟依人般细细诉说起自己的身世来，仿佛忘记了醉酒的痛苦，丝毫不提刚才发生的事。

“哎呀，光顾着说话，根本没看时间啊。”她神色恍惚地微笑着，说一定要在天亮前回去。

“天还黑着呢。不过这里的人嘛，都起得早。”她好几次站起来，打开窗子向外看，“还看不见人影呢。今天早上下雨，没人会到田里去。”

一直到雨中浮现出对面的山和山脚处的屋顶，女人都还依依不舍。但到了旅馆里的人快起床的时候，她还是梳好了头发。岛村要去玄关送送她，她都害怕被人看见，像逃跑似的，一个人匆匆忙忙地溜了出去。岛村便在那一天返回了东京。

“那时候你是那样说的，可到底还是在说谎啊。要不然，谁会在年底跑到这么冷的地方来啊？后来我也没笑话你。”

女人忽地抬起头。透过脸上厚重的白粉，从眼皮到鼻子两边，岛村的手心压着的地方微微发红，让人联想起这雪国夜晚的寒冷。但一头浓黑的头发，又让人感到某种温暖。

她脸上的笑容灿烂到让人头晕目眩，也许是想起了“那时候”的事，岛村的话仿佛慢慢染红了她的身体。女人恼怒地低下头，和服的后衣领处空出来一块。岛村看到她连后背都红起来了，就像整个身体都赤裸裸地、水灵灵地袒露出来一样。她的额发虽然不算细密，发丝却像男人一样粗，一根蓬乱的头发也没有。整头秀发好像矿石一般，闪着黑亮而厚重的光。

岛村刚才伸出手时，第一次碰到这么冰冷的头发，不禁吓了一跳。他之所以吃惊，是觉得那寒气似乎不是来自外界，而是头发本身如此。待他定下神来，重新打量女人的时候，她已经在暖桌桌面上扳着指头数起数来。一数就数个没完。

“你在数什么呢？”岛村问她，她却不理睬，又默默扳着手指数了一会儿。

“那天是五月二十三日吧？”

“是吗？你刚才在数日子啊。七月和八月都是大月份哦。”

“嗯，今天是第一百九十九天。正好是第一百九十九天哦。”

“不过，你的记性真好，居然记得那天是五月二十三日。”

“翻翻日记，马上就知道了。”

“日记？你还记日记吗？”

“嗯，我很爱看以前的日记。日记里头什么都不会隐瞒，全都照实了写，就是自己读起来也会觉得不好意思。”

“从什么时候开始记的？”

“去东京陪酒之前没多久。那阵子手里没有余钱，买不起日记本。就在两三分钱一本的杂记簿上，用尺子比着画上细线来记。可能是因为铅笔削得尖，线画得很整齐。从本子最上头到最下头，写满了细细密密的小字。等自己买得起日记本了就不行了，用东西就不爱惜了。练字也是，以前是在旧报纸上写，最近都直接在卷烟纸上写了。”

“这么长时间以来，一直在记吗？”

“嗯。十六岁的日记和今年的日记最有意思啦。每次都是从酒席回来，换上睡衣就写。不是回来得很晚嘛，有时候居然写到一半就睡着了。现在重新读，还看得出来。”

“是吗？”

“不过，也不是一天不落，也有不记的日子。在这大山里头，酒席的套路还不都是一样的。今年只买了那种每一页都印着日期的本子，真是糟糕，毕竟有时候一写起来就会写得很长。”

和记日记相比，更让岛村感到意外的，是她说自己从十五六岁开始，就把读过的小说一一记下来，为此至少已经用完十本杂记簿。

“是用来写读后感吗？”

“读后感我可不会写。大概就是记下题目、作者，还有小说人物的名字、人物之间的关系什么的吧。”

“你记这些东西，又有什么用呢？”

“没什么用啊。”

“真是徒劳啊。”

“是啊。”女人满不在乎地朗声回答，目光却一直在岛村身上。

真是徒劳——不知为什么，岛村还想再大声说一遍，可就在这时，他忽然感到浑身沁入一片寂静，仿佛听见雪声萧萧。这是被女人吸引的缘故。明知道对她来说，做那种事情绝不是徒劳，自己却还是劈头给她那样一句。不知怎的，反而愈加感受到这女子的纯粹了。

这女人提到的小说，听起来和人们平时所说的“文学”毫无关联。她和村里人的交情，似乎只限于交换妇女杂志来看，借到以后就完全是自己一个人读。没有选择，也不求甚解，只要在旅馆客厅之类的地方看到小说或杂志，就借来一读。不过，她随口举出几个新作家的名字，却有不少是岛村不知道的。但她的口气却像在讨论遥远的外国文学，那凄凉的语调，好像一个无欲无求的乞丐。岛村觉得，自己借助西方书籍中的照片或文字，遥遥地畅想西方舞蹈的情形，兴许也和她现在的情形差不多。

女人津津有味地聊起看都没看过的电影或戏剧，看样子是有好几个月没遇到过岛村这样能说得上话的人了。一百九十九天之前的那一次，他们也热火朝天地谈论过此类话题。而她仿佛已经忘记，上次便是这个契机促成了她向岛村投怀送抱。此时，她又一次沉醉于自己言语勾勒出的那个世界，连身子都发热了。

但现如今，她对于大城市的憧憬，仿佛业已埋藏于坦诚的绝望中，如同一场无欲无求的幻梦。混杂着都市败逃者气息的清高和愤懑依然存在，可给人更多的印象则是单纯的徒劳。从她本人身上，看不出什么落寞的神态，在岛村眼里，她的模样却有一种异样的哀伤。若是岛村沉溺于这样的思绪中，恐怕将陷入感伤的深渊，甚至觉得自己活在世上也是一种徒劳。可是山中冷飕飕的空气仿佛沁入女人的心脾，岛村眼前的她生气勃勃，面色红润。

不管怎样，岛村已对她有了新的认识。对方已然成为艺伎，他心中的想法反而难以启齿。

那一次，她喝得烂醉，胳膊软得吃不上劲，恨得牙痒痒，甚至用力咬住胳膊肘——“怎么回事，这破东西？畜生，畜生！这该死的东西，一点力气都没有！”

因为站不住，她骨碌碌地在席子上滚来滚去——“这也绝对不是可惜。但是，我不是那种女人。我就不是那种女人！”

岛村又想起她说的这句话，不禁踌躇起来，女人也敏感地察觉到这一点。

这时，正巧传来一阵火车的汽笛声。她立刻跳起来，果断而粗暴地拉开纸门和玻璃窗，双手抓着窗边的栏杆，探出半个身子：“是零点上行的火车！”

寒气一下子兜进屋子。汽笛声渐行渐远，宛如夜风的呜咽。

“喂，多冷啊。傻瓜！”岛村也起身走过去，倒是没有风。

那是一道严寒中的夜景，仿佛能听到大地深处冰封雪冻的声音。天上没有月亮。抬首仰望，漫天繁星好像梦境般不真实，灿然飘浮于空中，仿佛正以一种无常的速度簌簌坠落。一团团繁星逐渐逼近眼前，把天空越推越远，夜色也随之越发深沉。县界的群山已经分不清轮廓，只是以更加厚重而实际的灰黑，沉甸甸地坠在星空的裙摆上。一切都清澄而静谧，恰到好处。

女人知道岛村靠了过来，于是将上半身伏在栏杆上。这姿势并非示弱，在这样一个夜晚的映衬下，反而显得无比倔强。岛村心想，又来了。

尽管群山黑漆漆的，却不知发生了什么，清晰地显出皑皑雪色。山峦仿佛透明而空寂，天空和群山不相融合。

岛村箍住女人的脖颈，想要一把将她拉起来：“天这么冷，会感冒的。”

女人紧抓着栏杆，细着嗓子说：“我要回去。”

“回去吧。”

“让我再这样待一会儿。”

“那我去泡温泉了哦。”

“不要，你在这里陪我。”

“那你把窗户关上。”

“让我再这样待一会儿。”

村庄有一半掩藏在镇守神社所在的杉树林中，坐汽车不到十分钟就能到火车站。车站的灯光在酷寒中明明灭灭，仿佛下一刻就要裂开似的，噼啪作响。

女人的脸颊、窗玻璃、岛村棉袍的衣袖，触手可及之处都冰冷异常。这般寒意，岛村还是第一次领教。

就连脚下的榻榻米都是冷的，他正要独自去洗温泉，女人老老实实地跟了过来：“等等，我也去。”

女人将他脱下来的衣裳收进篮子里的时候，有位男客走进来。看到女人掩面缩在岛村怀里，忙说：“啊，失礼了。”

“没关系，您请便。我们去那边的池子。”岛村急忙说。

他光着身子，抱着篮子往旁边女宾的池子去了。女人自然与他装成夫妻的样子跟过去。岛村默不作声，头也不回就跳到泉水里。悬着的心放了下来，禁不住要放声大笑，索性将嘴对准入水口，胡乱漱了漱口。

回到房间，横躺着的女人轻轻抬头，用小拇指拢了拢鬓发，只说了一句话：

“好难过。”

他见女人的黑眼眸好像还半睁着，凑近了一瞧，原来是一丛睫毛。

多愁善感的女人一夜未睡。

她起身捋硬邦邦的腰带，似乎吵醒了岛村。

“不好意思，这么早就把你吵醒。天还没亮呢。嗯，能不能帮我看一下？”她关掉电灯，“能看见我的脸吗？还是看不见？”

“看不见呀。天不是还没亮嘛。”

“瞎说！你再仔细看看。怎么样？”女人拉开窗户，“还是能看见的吧？不行，我要走啦！”

拂晓的寒气让岛村打了个激灵，从枕头上抬起头一看，明明天上还是一片夜色，山上却已经亮起来了。

“对了，没关系。今天农户们不下田，没人会这么早出门的。不过，不知道有没有人上山。”女人一面自言自语，一面拖着系了一半的腰带走来走去，“刚才五点钟那班下行的火车，好像没有客人下车呢。旅馆的人还要很久才会起床呢。”

系好腰带，女人仍旧坐立不安，又不停地走到窗户那边往外看。就像一只夜行动物，害怕黎明到来，烦躁地走来走去，焦灼不安。妖冶的野性越发高涨。

又过了一阵，可能是因为屋子里也亮起来了，女人的脸被照得格外红彤。那明艳的红色让岛村看入了迷，他惊讶地说：“你的脸蛋怎么这么红，是冻的吧？”

“不是冻的啦，是脂粉掉了。我进被窝没多久，就从脚尖开始，变得热乎乎的。”她对着枕边的梳妆台照了照，“天到底还是亮啦，我要回去了。”

岛村看了看她那边，忽然缩了缩脖子。镜子里闪着一片白光，那是雪。女人通红的面孔映在那片雪里，是一种难以言喻的洁净之美。

太阳大概已经升起来了，镜中的雪色更加耀眼，仿佛在冷冷地燃烧。女人的头发在雪的映照下也更加鲜亮，黑漆漆的，闪着紫色的光。

大概是为了避免积雪，旅馆外墙挖了一条水沟，浴池里溢出来的温泉水缓缓地从中流过，可玄关那里就积了一汪浅浅的水。一只健壮的黑色秋田犬站在门口的踏脚石上，久久地舔着温泉水。给客人用的滑雪板好像是从仓库里拿出来的，在外面晾了一排。温泉的水汽冲淡了滑雪板上淡淡的霉味，雪块从杉树枝上落到公共浴池的屋顶，也变得温暖，融化得变了形状。

要不了多久，从年末到正月这段时间，那条路就要被暴风雪埋住了。到时候要想赴宴，就得穿上雪裤和橡胶长靴，裹紧斗篷，再包好头巾。那时的雪会积到一丈多高。天亮前，女人在小山包上旅馆的窗边，俯瞰下面的斜坡时是这样说的。现在，岛村正沿着这斜坡往下走。路两旁高高地晾着尿布，尿布下头还能看清县界的群山，山上的雪闪着娴静的光。青绿色的大葱还没有被雪埋没。

田野间，有村里的小孩在滑雪。

走进村里便听见雪化的声音，好像轻柔的雨滴。

屋檐下的小冰柱晶莹可爱。

“喂，能不能顺便也帮我们家扫一下？”一个从澡堂回来的女人看见在屋顶扫雪的男人，抬起头问他。阳光明晃晃的，她用湿漉漉的手巾擦了擦额头。她大概是提前来到这里，准备在滑雪季做女佣的。旁边是一家咖啡店，玻璃窗上留着古旧的彩绘，屋顶也已经歪斜了。

大部分人家的屋顶都铺着窄木板条，上面压着石块。这些圆形的石头只有太阳照着的半边才能在雪中显出黑色的肌理，与其说那黑是石块被濡湿后的颜色，不如说是在漫长的风雪侵蚀中，渍入石头的色泽。并且，家家户户的姿态也像那石头，低矮的房屋紧紧贴着地面，全然一派北国风光。

一群孩子将水沟里的冰块抱出来，在路上扔着玩。也许是觉得冰块脆生生地四分五裂的那一刻很有趣吧。站在太阳底下，岛村端详了很久，冰块那么厚，厚到不像真的。

一个十三岁左右的女孩子，靠着石墙织毛线。雪裤下面穿着一双高木屐，脚上却没穿袜子，一双赤脚冻得通红，看得见上头的皴裂。旁边的柴火垛上坐着一个不过三岁的女孩，天真地捧着毛线团。年纪大些的女孩从小女孩手中抽出的那根灰色旧毛线，也泛着温暖的光。

隔着七八家的房子是一家滑雪板工厂，里面传来刨子的声音。对面的房檐下有五六个艺伎在站着聊天。今天早上，岛村才从旅馆的女佣那里问出女人名叫驹子，心想她肯定也在那里。果然，她似乎看到他走了过来，立刻摆出一本正经的面孔。岛村就知道她一定会满面通红，却还要装出若无其事的样子，但还没等到他这么想，驹子已经脸红到了脖子根。既然如此，转过身去就行了，她却偏偏窘迫地垂下眼帘，并且随着他的脚步，脸一点点地朝他转过去。

岛村的脸上也如火烧，他加快脚步走过去，驹子很快便追了上来。

“真是让我为难，你居然从那儿走过去！”

“要说为难，我才更为难呢。你们那一堆人聚在那儿，我都吓得不敢过去了。你们平时都是这样吗？”

“是啊，午后经常如此。”

“你一边红着脸，一边又吧嗒吧嗒地追过来，这不是更难为情吗？”

“这没关系。”驹子回答得干脆，脸却又红起来，索性停在路边不走，抓住路旁的柿子树。

“我想着可以让你到我家坐一坐，就跑过来啦。”

“你家在这里吗？”

“嗯。”

“要是给我看你的日记，我就去坐一坐。”

“我就是死也要先烧掉日记再死呢。”

“不过，你家里有病人吧？”

“哎呀，你知道的可真多。”

“昨天晚上，你不是也去车站接人了吗？裹着深蓝色的斗篷。我就坐的那班火车，那病人离我很近呢。有位姑娘陪在病人旁边，十分认真、十分亲昵地照顾他。那是他的妻子吧？她是从这里去东京接他的吗，还是说原本就是东京人？她简直像母亲一样照顾那病人，我看得感动极了。”

“这件事你昨天晚上为什么没和我说？为什么不告诉我？”驹子立刻板起脸来。

“那是他妻子吧？”

可驹子不理他，只是说：“你这人真怪，为什么昨天晚上不告诉我呢？”

岛村不喜欢女人这样尖锐的反应。但是，他又觉得令女人做出这种反应的，肯定既不是自己也不是她本人，也许就是性格使然。总之，在她的反复追问下，岛村反倒有种被揪住了小辫子的感觉——今天早上在映着山雪的镜子里看见驹子的时候，自己明明想起了暮色中映在火车窗玻璃上的那位姑娘，为什么那时没有和她说呢？

“就算有病人也不要紧，没有人会来我的屋子。”驹子说着，走到低矮的石墙后面。

房屋右边是大雪覆盖的田地，左边挨着隔壁家的墙边长着一排柿子树。房前像是有个花坛，中间是个小小的莲花池，冰块已经被捞到池边，池里游着锦鲤。房子像柿子树的树干一样，也是枯朽的。屋顶雪色斑驳，木板已经沤烂，弯弯曲曲地贴在屋檐上。

走进土间[1]，一股寒意渗透骨髓，岛村的眼睛还没有适应黑暗，就被带着爬上了梯子。那是名副其实的梯子。楼上的房间也

1　以前的日本房屋入口处，地面为泥地或三合土的地方。

是名副其实的阁楼。

“这里本来是间蚕房。吓了你一跳吧？”

“竟然就住在这里，晚上喝醉了回来，亏你没从梯子上踩空掉下来。”

“掉下来过。不过掉下来就钻到楼下的暖桌里，大概也就那样睡着了。”驹子把手伸进暖桌的被子里试了试温度，站起来取火去了。

岛村环视这个不可思议的房间，尽管只有南面有一扇低矮的采光窗，拉窗的细木格子上却新糊过纸，光线还很充足。墙上也仔细地贴着和纸，给人一种待在旧纸箱里的感觉。头顶直接就是檐木，朝窗户那边斜下来，似乎给屋子罩上一片黢黑的沉寂。不知道墙对面是什么样——岛村这样一想，忽然觉得整个房间都悬在半空中，心里不太安稳。尽管墙壁和铺席陈旧不堪，却终归是十分洁净的。

驹子那透明的身体也像蚕一样住在这里吧，他想。

可以移动的暖桌上盖着和雪裤花纹一样的条纹布棉被。衣柜可能是驹子从东京带回来的老物件，虽然很旧，却是漂亮的直木纹泡桐木。还有一张粗糙的梳妆台，明显与衣柜不相称，朱漆针线盒还泛着奢华的光。墙上钉了几块木板，想来是个书箱，上面盖着一块薄毛呢的帘子。

赴宴时穿的衣服挂在墙上，衬衫的红里子露在外面。

驹子拿着火铲，灵巧地爬上梯子：

“是从病人的房间拿过来的，但我听说火是干净的。”驹子说着，梳妆整齐的发髻俯下来，一面拨弄着火盆里的灰，一面告诉岛村，病人得的是肠结核，回故乡来就是为了等死。

说是故乡，其实少爷不是生在这里的。这儿是他母亲的村子。他的母亲在港口的小镇做艺伎，后来金盆洗手，留在那个小镇，成了一名舞蹈师傅。不到五十岁的时候罹患中风，有时会回到这温泉村疗养。少爷从小喜欢摆弄机械零件，努力进了钟表店做工，留在港口小镇。但没过多久就去了东京，听说是去上夜校了。大概是积劳成疾吧，据说他今年才二十六岁。

驹子一口气说了这许多，至于带少爷回家的那位姑娘是何许人也，驹子本人又为何住在这户人家，却只字未提。

可就算只说了这些，在这间好像吊在半空中似的房间里讲话，驹子的声音还是会穿透四面八方，岛村不免坐立难安。

临出门的时候，视野里闯入一个微微发白的东西。岛村回头一看，是一只泡桐木做的三弦琴箱。看起来比实际上更大、更长，驹子竟要扛着它去赴宴，简直难以置信。这时，旁边一扇熏黑了的拉门被打开，仿佛是从某个地方传来的回声似的，响起一个清亮到近乎悲凉的声音：

“阿驹，能从这上面跨过去吗？”

岛村对这个声音有印象，就是夜晚把身子从火车窗口探出去，在纷飞的大雪中呼唤站长的那位叶子姑娘的声音。

“可以啊。”驹子回答。

叶子穿着雪裤，从三弦琴上轻快地跨过，手里拎着一只玻璃尿壶。

从叶子昨晚和站长说话时那相熟的语气，还有她穿着的雪裤，都能肯定她就是当地的姑娘。她华丽的腰带有一半露在雪裤外头，衬得茶黄色和黑色相间的粗布纹雪裤色彩鲜明，薄毛呢的和服长袖也同样优雅大方。雪裤的裤裆在膝盖靠上的位置，所以显得有点宽松，而且棉布硬实挺括，看上去很安适。

可是叶子只是飞快地瞟了岛村一眼，眼神尖利，一个招呼也没打，就走过了土间。

岛村走到屋外，额前仍能感受到叶子的目光灼灼，烧得他难受。那目光像遥远的灯火一样冰凉。要说为什么会这样，大约是因为他回忆起昨天晚上的那抹景象吧：自己望着火车窗玻璃上映着的叶子的脸时，山野的灯火朝对侧流逝而去。灯火和她的瞳仁重叠，骤然闪亮的那一瞬，岛村心头为一股难以言喻的美而震颤。想起这个的同时，驹子通红的脸浮现在镜中茫茫白雪里的影像，也出现在他的脑海中。

于是，岛村加快了脚步。尽管他的双脚白皙而微胖，可他毕竟爱好登山，一旦望着远山信步而行，注意力就全都集中了去，不知不觉就越走越快。他这个人，无论在何时何地，都很容易想一件事情想得出神。所以无论是暮色中的镜子，还是晨雪中的镜子，对他来说都不是人为合成的景象，而是自然天成，是遥远的世界。

就连刚刚离开的驹子的房间，仿佛也在遥远的世界当中了。这样的想法，饶是他自己也吃了一惊。登上坡顶，看到路上有一位女按摩师。他好像看到了救星，忙问：

“按摩师傅，能不能给我按一下？”

“这个嘛，现在几点了？”对方把竹拐杖夹在腋下，右手从腰带中间掏出一块带盖的怀表，左手摩挲着表盘，“已经过了两点三十五了啊。我三点半得到车站那边去，不过稍晚些也没关系。”

“你这样一摸，就能摸对时间呀？”

“是，我把表蒙子给拿掉了。”

“是能摸到上面的数字吧？”

“字我是摸不出来，不过——”对方再次把那只女人用着稍有些大的银怀表拿出来，打开盖子，伸手按给岛村看，“这里是十二点，这里是六点，这中间就是三点。然后按比例估算，精确不到一分钟，但也不会差出去两分钟。”

“是这样啊。坡路不会太滑吗？”

“如果下雨，女儿就会来接我。晚上就给村里人按摩，不会再到这上面来。旅馆的女用人硬要说是老公不放我出来。真是拿她们没辙！”

“你的孩子已经长大了吧？”

“是啊。大女儿快十三了。”

两人说着就走进了房间，按摩师默默地按了一会儿，远处传来宴会上三弦琴的声音，她侧着耳朵仔细听。

“是谁在弹呢？”

“听三弦的声音，您就能分清是哪个艺伎弹的吗？”

“有些人能分清楚，也有些分不出来。这位先生，想必您身份尊贵，身体十分柔软呢。”

“没有僵硬的地方吧？”

“僵硬的话，就是脖子这儿有点儿硬。胖瘦也正合适。您平时不喝酒吧？”

“居然连这个都能知道啊。”

“和您身材一模一样的客人，我认识三位。”

“我的身材很普通啊。”

“怎么说呢，不喝酒的话，人生真的没什么乐趣。喝酒能让人忘记一切。”

“你老公喝酒吧？”

“他喝得厉害，我拿他没办法。”

“这是谁弹的三弦，这么难听。”

“是啊。”

“你也会弹的吧？”

“嗯，从九岁学到二十岁。后来结婚了，已经十五年没碰过琴啦。”

难道盲人看上去要比实际年龄年轻吗？岛村一面想一面应道：

“小时候学的东西肯定很扎实吧？”

“虽然这双手现在只会按摩了，耳朵却是闲着的。现在听着那些艺伎的三弦琴，有时候都会跟着着急。是啊，就好像当年的自己一样。”她说着，又侧耳倾听，“这是井筒家的阿文吧。弹得最好的和最差的孩子，最容易分辨啦。”

“有弹得最好的吗？”

“有个叫阿驹的孩子，年纪还很小，最近弹得可纯熟啦。”

“哦？”

“先生，您认识她吧？不过，说是弹得好，也就是在这大山沟沟里头还挑得出来罢了。”

“不，我不认识。不过，她师傅的儿子昨天晚上回来，我们同一班火车。”

“哦哟，身体好了回来的吗？”

“看上去不是很好。”

“啊？听说那家的少爷在东京病了很久，这个叫驹子的孩子今年夏天当了艺伎，就是为了给他赚看病的钱呢。这下是怎么回事？”

“你说的驹子，就是阿驹？”

“是啊。不过虽说订了婚，该尽力的时候就要尽力，但这以后的日子还长呢……”

“你说他们订了婚，是真的吗？”

“是啊。听说就是订婚了啊。具体的我不太清楚，但传闻是这么说的。”

在温泉旅馆听女按摩师讲艺伎的身世，原本是极为平常的事，却反而让岛村感到意外。驹子为了未婚夫去当艺伎，原本也合情合理，岛村听了却心意难平。也许是这件事与他的道德观念相悖吧。

他打算再多打听一些，按摩师却不说话了。

如果驹子是那家少爷的未婚妻，叶子是少爷的新恋人……

可是再过不久少爷就会病死……岛村脑海中又浮现出“徒劳”二字。即使驹子遵守婚约，不惜堕入风尘赚钱供少爷疗养，到头来，一切不还是徒劳吗?

岛村想，下次见到驹子，还是要劈头给她一句“徒劳”。可不知为什么，他反而再一次感受到她的纯真本色。

这种虚伪的麻木不仁，泛着寡廉鲜耻的危险气息，岛村静默地品味着此番感受，按摩女离开房间后，他依然躺着，直到连心底都泛起一阵阵冰冷。回过神才发现，窗户一直敞着。

山间天黑得早，外面冷飕飕的，暮色已经笼罩大地。远处，夕阳还照在群山的积雪上，幽暗的光线中，远处的山峦仿佛倏然迫近而来。

不多时，随着山峰各自的远近高低，万千条山壁的褶皱仿佛越来越深。待到唯有峰顶留有一丝苍白的残照时，山头的积雪之上已是晚霞万丈。

村子里，河边、滑雪场、神社，到处是一棵又一棵的杉树，黑色的树影越发分明。

正当岛村陷落于空虚和惆怅时，驹子走进房间，仿佛点起一盏温暖的明灯。

迎接滑雪游客的筹备会在这间旅馆里举办，会后办了一场宴会，驹子说，有客人指名让她来。她一钻进暖桌，就不停地抚摩岛村的脸蛋。

“今晚你脸色好白，真奇怪！”驹子边说边大力揉搓着岛村软乎乎的肉脸，像是要把它揉碎了似的，“你是个笨蛋！”

这时候她似乎已经有些醉了，宴会结束后，更是直接瘫在梳妆台前面，一脸蒙眬的醉意，甚至有些可笑。

“不管，我不管啦！头疼，头疼。啊，真是麻烦，麻烦！”

“我想喝水，给我水！”

她双手掩面，也不管会不会破坏发髻，就倒在席子上。一会儿又坐起来，用乳霜卸掉脂粉，看见脂粉下露出一张红透了的脸，连自己都乐呵呵地笑个不停。后来，酒又醒得奇早，大概是觉得冷了，肩头直打战。

然后，她静静地讲起自己的事，说是整个八月都因为精神衰弱而四处闲逛。

“我都担心自己是不是疯了。好像有什么事情一直想不通，但究竟是什么，自己也弄不清楚。是不是很可怕？我那时根本睡不着觉，只有去赴宴的时候人还精神些。做了各种各样的梦，饭也不太吃得下。大热天的，老是拿着一根缝纫针，在席子上扎来扎去的。”

“你是几月份当艺伎的？”

“六月。要不然，现在我可能已经去滨松了呢。”

“去结婚？”

驹子点头，说当时有个滨松的男人一直缠着她要结婚，但自己无论如何也喜欢不上对方，当时犹豫了好一阵子。

“既然不喜欢，又有什么好犹豫的呢？”

“哪有你说的那么简单。”

“结婚这事，就有那么大的魔力？”

“讨厌。虽然不是你说的那样，但我要是不把周围的事料理妥当了，心里就不踏实。”

“嗯。”

“你可真是个随便的人。”

“不过，那个滨松的男人和你又是怎么回事？”

“我们要是真的有什么，我也就不犹豫了。”驹子斩钉截铁地说，“但是，那个人说过，只要我还住在这一带，他决不让我和任何人结婚。无论我干什么，他都要从中作梗。”

“滨松离这里远得很呢，你又何必担心这个。”

驹子沉默了一会儿，一动不动地躺着，好像在感受自己身体的温度。忽然若无其事道：“那时我以为自己怀孕了呢。嘿嘿，现在想想也挺好笑的，嘿嘿嘿。”

她一面抿着嘴笑，一面忽地蜷起身子，像个孩子似的，两手紧抓住岛村的衣领。

那合上的浓密睫毛，又像半开半闭的乌黑眼眸。

第二天早上，岛村醒来的时候，驹子已经坐在火盆边上，单手撑着身子，另一只手在旧杂志上乱写乱画。

“喂，我回不去了啦。女佣刚才进来添火，真是太丢脸了。我吓得赶忙跳起来，太阳已经照到纸门上了。昨晚可能是喝醉了，睡得迷迷糊糊的。”

“现在几点？”

“都八点了。”

“去泡温泉吧。”岛村爬起来。

“不，走廊上会遇到人的。”驹子仿佛变成一个老实的女人。岛村从温泉回来时，见她灵巧地用手巾包着头，正勤快地打扫房间。

就连桌角和火盆边，她都洁癖似的擦了，掸灰尘的动作看上去很熟练。

岛村把脚放进暖桌，百无聊赖地抽起烟来。烟灰掉落，驹子用手帕轻轻擦掉，然后拿来烟灰缸。岛村爽朗地笑了，驹子也笑了。

“你要是成了家，你老公还不得天天挨骂。”

“才不会骂他呢。我连要洗的衣服都会整整齐齐地叠好，人家都笑话我，可是我天性就是这样。”

“人们都说，看看女人衣柜里面的样子，就知道她本人的性格了。”

早晨的阳光照得屋子暖洋洋的，吃饭的时候，驹子抬头望着澄澈深远的天空，说道：“天气真好，要是能早点回去练练琴就好了。天气这么好，琴声也会不一样的。”

远山的积雪如烟似雾，山峦笼罩在一片柔软的乳白色中。

岛村想起按摩师的话，要驹子干脆就在这里练，驹子立刻站起来给家里打电话，要家人把换洗衣服和长歌[1]的歌本送来。

岛村没想到白天看见的那户人家还有电话，脑海中又浮现出

---

1 日本三弦琴音乐的一种，作为歌舞伎舞蹈伴奏音乐产生并发展于江户时代。

叶子的眼睛：

“是那位姑娘给你送过来吗？”

“可能是吧。”

“听说你和那家的少爷订过婚了？”

“哎呀，你什么时候听说的？”

“昨天。”

“你这人真怪。听说了就听说了，为什么昨天不问我呢？”驹子说。不过，她这次的反应和昨天白天不同，一脸洁净地微笑着。

“我又没有瞧不起你，这要怎么问得出口啊。”

“你这是违心话。东京人真爱撒谎，讨厌。”

“你看，我一问，你就转移话题。”

“那倒是没有。所以说，你把那话当真了吗？”

“当真了。”

“你又说谎，明明没有当真。”

“当然是有点不能理解。可是，人家说你是为了未婚夫去当艺伎的，要给他赚疗养费。”

“真讨厌。怎么跟唱新派剧似的。订婚的事是假的啦。好像有很多人都以为是这样。我并不是为了谁才当艺伎的，只不过是想做些力所能及的事情。”

“你净说些让人捉摸不透的话。”

“那我就说清楚。师傅也许是想过让她儿子和我在一起，但她只是心里想想，一次也没说出来过。师傅的心思，少爷和我多多少少都明白。可是，我和他之间什么也没有。仅此而已。”

“你们是青梅竹马吧？”

“嗯。但我们一直是分开生活的。我被卖到东京的时候，只有他一个人来为我送行。最早的那本日记的最开头，就记着这件事呢。”

“你们要是都住在那个港口小镇，现在也许就在一起了吧？”

“我想不会的。”

“是吗？”

“你不用替别人那么操心啦。反正他也快死了。”

“而且，你住在外面，终归不太好吧。”

“你说这些话才不太好呢！我做自己想做的事，一个快要死的人，凭什么拦着我？”

岛村无话可说。

但是，驹子为何仍然对叶子姑娘只字不提呢？

再说这叶子姑娘，她连在带男人回来的火车上都像个小母亲似的，那般忘我地照料他，这一大清早的，却要给和那男人关系微妙的驹子送换洗的衣服来，也不知她心里作何感想。

一如既往地胡思乱想时，岛村听到叶子压低了嗓子的喊声，依旧是那么清澈动听。

“阿驹，阿驹。”

“哎，辛苦你了。”驹子站起来，走到旁边那个三铺席大小的房间里，“是叶子来帮我送的吗？哎呀，拿来这么多东西，怪沉的。”

叶子好像没说什么就回去了。

驹子用手指挑断最右边的琴弦，换上新的，调好音。仅三两下之间，岛村已经听出她水平不凡。她解开暖桌上鼓鼓囊囊的包袱皮，除了普通的练习册，还有二十几本杵家弥七[1]的《文化三弦谱》，岛村颇感意外地拿在手中：

“你用这个练琴吗？”

“这儿又没有师傅，我也没办法嘛。”

“师傅不是在家吗？”

“她中风啦。”

“就算中风了，也是可以说话的吧。”

“连说话也不行了。舞蹈还能用能动的左手指点一下，若是拨三弦就只剩下吵人了。”

“这琴谱你能看懂吗？”

“全能看懂。”

“良家女子也就算了，一个艺伎在这么偏远的大山里像模像样地练琴。若是卖琴谱的店家知道了，一定很高兴吧。”

“陪酒的时候主要就是跳舞，后来我在东京学的也是舞蹈。三弦琴只模糊地记着一点儿，忘了也没人帮我复习，琴谱就很有帮助了。”

“唱歌呢？”

“唉，唱歌就不太行。嗯，练舞蹈的时候听得多了记住的还

1　杵家弥七（1890—1942），日本长歌三弦演奏家。

好，新歌就要听收音机，或者是在别的什么地方记住。但是唱得怎么样我就不知道了。感觉是自成一派，别人听着肯定觉得很奇怪吧。而且在熟人面前我从不开口，要是面对陌生人，倒是敢大声唱。”说着，她有些不好意思，接着端正身姿注视着岛村，好像在等对方点上一曲。

岛村被她的气场镇住了。

他成长于东京的平民区，小时候就经常看歌舞伎或日本舞蹈，长歌的歌词至今也能记得几句，不知不觉便耳熟能详，却从没特意去学过。说起长歌，他眼前立刻浮现出的是舞蹈的舞台，而不是艺伎在宴席间的演唱。

“讨厌啦，你是最让我紧张的客人。”驹子轻轻咬了咬下嘴唇。可一旦把三弦琴架在腿上，她就好像变了一个人，有模有样地翻开练习本。

“这一首，是今年秋天照着谱子练的。”

她弹的是《劝进帐》[1]。

刹那间，岛村感到脸上一阵冰凉，这股凉意一直透到心里，好像要起鸡皮疙瘩似的。他的脑子一下子变得空空如也，而三弦琴声响彻他脑海的每一个角落。他完全惊呆了，不，应该说是被整个击垮了。虔诚的意念鞭笞着他，悔恨的情感将他洗刷。他整个人没了力气，任凭驹子的力量推着自己惬意地游走。能做的唯

1　日本歌舞伎十八番之一，描写逃往陆奥国的源义经主仆通过安宅关的情景。

有放弃挣扎，随波逐流。

一个十九、二十岁的乡下艺伎，弹奏三弦的水平能有多高？她明明只是在宴会上弹一弹，却像在舞台上表演一样好。这些感觉不过是源于我在大山里的惆怅罢了——岛村试图这样告诉自己，驹子也故意把词念得干巴巴的，有的地方弹得很慢，有些段落却推说太麻烦，直接跳了过去。但后来渐入佳境，声音也高起来。岛村没想到拨弦的声音竟能这样清脆悦耳，竟有些胆怯，用胳膊当枕头侧躺下来，借势给自己壮胆。

一曲终了，岛村终于松了一口气。心想，唉，还以为这女人迷上我了，这想法可真是丢人。

“天气这么好，琴声也会不一样的”，驹子看着雪色映衬的晴天说的这句话，当真有它的道理。准确地说，是空气不同。这里没有剧场的墙壁，没有听众，也没有都市的风尘。琴声穿过纯净的冬日清晨，直抵远方白雪覆盖的山峦。

她在不知不觉中习惯了独自一人练琴，以亘古不变的山谷和广袤的自然为伴，拨弦的力道大是自然而然的。那份孤独踏破了哀愁，蕴蓄着野性的念力。就算再怎么有天赋，也必须结合强大的毅力和不懈努力，才能用琴谱自学复杂的曲子，并反复练习，直至能脱离谱子熟练弹奏。

驹子的活法，在岛村看来是一种虚无的徒劳，也是一种可望而不可即的悲哀的憧憬，但那却是她生命的价值所在，荡漾在清越的拨弦声中。

岛村听不出驹子弹拨琴弦时手上的娴熟技艺，却能懂得琴声中的情感。对驹子来说，他或许是最好的听众。

开始弹第三支曲子《都鸟》[1]的时候，曲调本身明快而柔和，岛村身上的鸡皮疙瘩已经散去，他感到周身温暖而安闲，凝视着驹子的脸，一股真切的肌肤相亲之感油然而生。

又细又高的鼻梁虽然略显单薄，但红扑扑的脸颊水灵灵的，仿佛对岛村悄悄说着："我在这儿呢。"美丽而红润的嘴唇微微闭拢时也滑溜溜的，好像有光从唇上流过。唇瓣随着歌声张大的时候，好像随时会立刻合起，惹人爱怜，和她整个人一样妩媚。略微下弯的眉毛下面，眼角既不向上吊着，也不往下耷拉，像是故意描平的双眼此刻湿润而闪亮，充满纯真的光芒。肌肤不施脂粉，经历过都市风尘的洗礼后，又沁染了山野的色彩，如剥去外皮的百合或洋葱球根一般宛若新生，连脖颈都白里透红，看上去纯净无瑕。

此刻，她端庄地坐在那里，却和以往不同，多了几分少女的气质。

最后，驹子说要弹一首最近在练的曲子，便看着谱子弹了一曲《新曲浦岛》[2]，然后默默将拨子夹在琴弦下头，变换了坐姿。

紧接着，她身上立刻散发出一股媚态。

岛村不知该说什么好，驹子也浑然不在乎岛村的评价，一副单纯快活的模样。

1　杵屋胜三郎二世作曲的曲目，描绘隅田川由春到夏的风光和男女情爱。

2　日本长歌的曲名，由坪内逍遥创作的戏剧作品《新曲浦岛》改编而成。

“如果只用耳朵听琴声，你能分辨出是这里的哪个艺伎弹的吗？”

“那当然知道啦，一共就不到二十个人。尤其是弹《都都逸》[1]，最好分辨了。那曲子最能体现出每个人的特色。”

她又拿起三弦琴，稍微挪了挪曲着的右腿，将琴身放在腿肚子上，腰朝左边弯，身子朝右斜：“我小时候就是这样练的。”

说罢，瞧着琴头，一面稚气地唱，一面一下下拨动琴弦。

“黑——发——的……”

“你学的第一首是《黑发》[2]吗？”

“不。”驹子像个小孩子似的，晃了晃脑袋。

那天以后，就算再留下来过夜，驹子也没有硬要在天亮前回去。

旅馆里有一个三岁的小女孩，总是在走廊里远远地喊“驹子姑娘——”，把尾音吊得老高。驹子经常把她抱到暖桌那里，一心一意地陪她玩，快到中午的时候，再带她去洗澡。

“这孩子只要见到一个艺伎，就叫人家‘驹子姑娘’，尾音吊得老高。无论是在照片里还是在画里，只要见到梳日本发髻的，都是‘驹子姑娘’。我喜欢孩子，所以知道她在想什么。小

1　日本俗曲的一种，富有娱乐性。具有七七七五调二十六字的固定格律，人们自填风趣歌词即兴弹唱，内容多为男女间的谈情说爱。

2　日本长歌的曲名。讲述主人公辰姬对源赖朝心怀爱恋，却将他让给了北条家的政子，目睹二人离去后，一面梳头发，一面抒发嫉妒的心情。

君，要去驹子姑娘家玩吗？”她站起来，却又自在地在走廊的藤椅上坐下，“看那些急性子的东京人，已经开始滑了。”

岛村也从暖桌边转头望过去，滑雪坡上的雪还斑驳疏落，只有五六个穿着黑色滑雪服的人一直在山脚的田地间滑雪。一截截田埂都没被雪盖住，整块田地也没什么坡度，显得那几个家伙傻乎乎的。

“看上去像是学生。今天是星期日吧？在那边滑雪有什么意思啊？”

“不过，他们滑雪的姿势不错嘛。”驹子自言自语道，“听说艺伎在滑雪场跟客人打招呼的时候，客人往往会吓一跳。‘咦，怎么是你呀？’‘滑雪把皮肤晒得这么黑，我都认不出来了。那天晚上你化妆了吧？’”

“还穿着滑雪服呢。”

“那是雪裤。唉，好烦，好烦啊。马上又要到每年的这个时候了，宴席一结束，客人就会跟你说，‘明天滑雪场见’。要不我今年不滑雪了吧。跟他们说拜拜。来吧，小君，我们走吧。今天晚上要下雪啦，下雪的前一天晚上会很冷的。”

岛村坐在驹子刚才坐的那张藤椅上，看见驹子牵着小君的手，沿着滑雪场旁边的那条坡道回家。

山间风起云涌，背阴的山和向阳的山重叠，光与影时刻变幻不定，看上去有些苍凉。不多时，滑雪场的那片天空也忽地阴沉起来。窗子下面，枯萎的菊花篱笆墙上垂着果冻似的霜柱；雨水管里，房檐上融雪的滴答声却从未停止。

那天晚上没有下雪，而是在一阵雪霰后下起雨来。

岛村临行前的夜晚月色皎洁，寒气逼人。他把驹子叫来，明明已近深夜十一点，她却要去外面散步，怎么劝都不听。竟然有些粗暴地把岛村从暖桌里拽出来，硬是将他拖出门去。

路上结了冰。村子沉睡在寒气之下。驹子撩起和服下摆，夹进腰带里。凛凛月色，宛如蓝冰中的一柄尖刀。

“我们走到车站去吧。”

“你疯了，往返要一里[1]多地呢。”

“你不是马上就要回东京了吗？去看看车站。”

岛村从肩膀到双腿都被冻得失去了知觉。

回到房间，驹子突然就像霜打的茄子，两条胳膊深深扎进暖桌里，垂着脑袋，和往常判若两人，连温泉都没有去。

暖桌上的被子还和以前一样，也就是一床被子盖在桌上，褥子的边角一直拉到地炉边。被子铺好了一床，但驹子就坐在暖桌旁取暖，垂着头一动不动。

“你怎么了？”

“我要回去。”

“说什么傻话。”

“别管我，你去睡吧。我想这样待一会儿。”

“为什么要回去？”

“我不回去，天亮之前都会待在这儿。”

1　日本长度单位，1里约合3.9千米。

“无聊。别难为人嘛。”

“我才没有难为人，我怎么会难为人呢？”

“那你这是在做什么？”

“没什么，我好烦。”

“什么嘛，这点小事，根本没什么大不了的。”岛村笑起来，“我又没有把你怎么样！”

“讨厌！”

“而且你也是蠢，非要在外面走那么久。”

“我回去了！”

“何必回去呢？”

“心里难受。嗯，你现在就回东京去吧。我好难受！”驹子说着，轻轻趴在暖桌上。

她的难受，是为自己深陷于对一个旅人的感情中而不安，还是因为此时此刻要无声地忍受离别的忧愁而苦闷？她对自己的情意已经这么深了吗？岛村久久地沉默着。

“你回去吧。”

“其实，我正考虑要不要明天就回东京。”

“啊，为什么要走？”驹子抬起头，一脸大梦初醒的表情。

“无论待多久，对于你，我不是也无能为力吗？”

驹子似乎呆呆地望了岛村一会儿，突然激动地说：

“这样是不行的！你啊，这样是不行的！”她激动地站起来，突然搂住岛村的脖子，心慌意乱地说，“你怎么能这样说呢？起来，我叫你起来！”

她这样说着，自己反而摔倒了，疯狂得已然不能自已。

过了一会儿，她睁开温情脉脉的双眼，撩起散下来的头发，静静地说："你明天一定要回去哦。"

岛村决定次日下午三点出发，换衣服的时候，旅馆的掌柜悄悄把驹子叫到走廊上讲话。他听见驹子回答："是哦，您就按十一个小时左右来结账吧。"大概是掌柜觉得，按十六七个小时来算太久了。

一看账单，才知道早上五点回去就要算到五点，第二天早上十二点回去就要算到十二点，按照小时数来计费。

驹子在大衣上裹了一圈白围巾，把岛村送到火车站。

等车时，为了打发时间，岛村买了木天蓼腌的咸菜和蘑菇罐头等土特产。但还有二十多分钟，两人便在车站前面一个地势稍高的广场上散步。放眼望去，岛村不由得感叹："这里真是个被雪山环抱的小地方。"驹子的头发黑得过分，在这背阴而幽寂的山峡里，反而显出几分凄凉。

不知道为什么，远处河流下游的山腰上，竟有一处地方被淡淡的阳光照耀着。

"我来之后，雪不是已经化了很多吗？"

"但是只要下两天雪，就能积到六尺深。再下几天，那根电线杆上的电灯都会被埋进雪里。若是在外面走时心里想着你，脖子没准儿会被电线刮到受伤的。"

"会积那么多雪吗？"

"听说一个下大雪的早晨，前面那个镇上的中学里，有学生从宿舍二层的窗户赤着身子跳到雪里呢。一下子就沉到雪里头，看不见了。过了一会儿，那学生像游泳似的，从雪里头划拉着走出来了。喏，那边也有一辆扫雪车呢。”

“我想来看雪，不过正月里旅馆不好订吧？火车会不会被雪崩埋起来啊？”

“你过得真奢侈呀，总是这样过日子吗？”驹子看着岛村的脸，“为什么不把胡子留起来呢？”

“嗯，是想要留起来的。”岛村摸摸被剃须刀刮得很干净的青下巴，嘴角有一条精致的皱纹，使线条柔和的脸型显得坚毅了些。说不定驹子也是迷上了自己的这一点。

“你呀，每次卸掉脂粉，就好像刚刚剃过脸一样。”

“乌鸦叫得真难听，不知道在哪里叫呢。好冷啊！”驹子抬头望天，两手抱在胸前。

“我们去候车室烤烤火吧。”

这时，有人穿着雪裤从街上拐出来，沿着停车场的大路，慌慌张张地跑来。是叶子。

“啊，阿驹，行男先生他……阿驹！”叶子跑得上气不接下气，像是受到惊吓的孩子缠着母亲似的，紧抓着驹子的肩膀，“你快回家，他的状态不太对，快！”

驹子闭着眼，像是在强忍肩上传来的疼痛，一下子面如土色，却坚决地摇了摇头：

“我正在送客人呢，没办法回去。”

岛村大吃一惊：“不用送我了，没关系的！”

“不行，我怎么知道你到底还会不会再来。”

“会来的，我还会来的！”

叶子好像根本没听见他们的对话，只是急匆匆地说：“刚才，我给旅馆打电话，店家说你去火车站了，我就追了过来。行男先生在找你！”她说着去拉驹子。

驹子先是默默忍着，突然挣脱她：

“我不要！”

驹子这一挥手，踉跄了两三步的倒是自己。接着，她“呜”的一声想要呕吐，却什么也没吐出来，眼圈湿漉漉的，脸上起了鸡皮疙瘩。

叶子木然地僵在那里，盯着驹子。可她的神情极为肃穆，看不出是愤怒、惊愕，还是悲伤，简直像一张面具，显得极为单纯。

她保持着这副面孔转过来，突然抓住岛村的手：

“哦，对不起，请让这个人回去吧。让她回去吧！”她语带强迫，声调真挚而高亢。

“嗯，我让她回去！”岛村也大喊，“快回去啊，傻瓜！”

“轮不到你开口！”驹子一边说岛村，一边把叶子从岛村身旁推开。

岛村想抬手指一指车站前面的汽车，才发现自己的手被叶子用力攥住，指尖已经发麻：“我马上叫那辆车送她回去。总之，你先回去吧，别人都在看我们呢。”

叶子连连点头：“要快，要快啊！”

话没说完，她就转身飞跑，速度快得难以置信。望着她远去的背影，岛村心头掠过一个此时不应出现的疑问：为什么那位姑娘总是显得那样认真呢？

叶子那动听得近乎悲凉的声音，仿佛此刻依然从某座雪山中传来回响，萦绕在岛村耳边。

“你要去哪儿？”驹子看出岛村想要去找司机，将他拉回来，“不，我是不会回去的。”

岛村突然对驹子产生了一种肉体上的憎恶。

“我不知道你们三个人之间到底发生了什么。但那位少爷可能马上就要死了！他想见见你，才让人来找你的吧。你就老老实实地回去吧，不然会后悔一辈子的！说不定我们这样说话的时候，他就断气了。那你要怎么办呢？别再任性了，过去的事情就让它过去吧！”

“不，你误会了！”

“你被卖到东京的时候，他不是唯一来给你送行的人吗？你把他记在最早一本日记的最开头，现在却不去给他送终，哪有这个道理？你得去把自己写在那个人生命的最后一页！”

“不，我不想眼睁睁地看着一个人死掉。”

这听上去像是冷酷无情，又像爱得轰轰烈烈。岛村正不知所措，驹子又喃喃道：

“日记这东西，我再也记不下去了。我要把它们烧了。”不知为何，她竟脸红起来，“啊，你真是个老实人。既然是个老实人，我把日记都送给你也无所谓。你别笑话我。我觉得你挺老实的。”

岛村莫名其妙地被感动了，只觉得驹子说得没错，没有比自己再老实的人了。于是，他不再强迫驹子回家，驹子也没有再说话。

旅馆派驻车站办事处的掌柜出来，通知检票时间到了。

只有四五个当地人，穿着沉闷的冬装，默默地上下火车。

“我就不进站了，再见。”驹子站在候车室的窗户后面。窗玻璃关得严严实实的。从火车里望过去，驹子就像一个神秘的水果，孤零零地被遗忘在穷乡僻壤的水果店那熏黑的玻璃箱里。

火车一开动，候车室的玻璃马上明亮起来，驹子的脸浮现在那亮光中，仿佛忽地燃烧起来，一瞬间便消失了。那是一张通红的脸，和晨雪那天的镜子里映出来的一样红。而对于岛村来说，那颜色是梦幻与现实的分界。

列车由北攀上县界的山，穿过长长的隧道，冬日午后淡淡的日光像是被吸进地底的黑暗里，老旧的火车则好像在隧道里脱掉了明亮的外壳，沿着重峦叠嶂，开往暮色初升的山谷。山的这一边还没有下雪。

火车沿着河流行驶了一段时间，来到一片旷野上。岛村这才发现，山顶的轮廓仿佛由巧手切割而成，画出一条徐缓的优美斜线，一直延展到遥远的山脚。月色照在山头，是原野尽头唯一的风景。飘着淡淡晚霞的天空中，深蓝色的线条清晰地刻画出群山的轮廓。月光已不再洁白，却还是浅淡的颜色，不似冬夜里那般清冷。天上连一只飞鸟也没有，山脚下的原野一望无垠，朝左右两边广阔地延展，接近河岸的地方，立着一座好像是水电站的建筑。寒冬萧瑟，那是在落日的余晖中，留在车窗上最后的风景。

暖气的温度令车窗蒙上一层雾气，窗外流动的原野渐次昏暗，乘客的影子又一次半透明地映在玻璃窗上。又是那黄昏风景的镜中把戏。这辆陈旧的列车简直不像东海道线上的，大概只挂了三四节褪色的老式车厢。车厢里的电灯也光线暗淡。

岛村仿佛乘上某种非现实的交通工具，失去了时间和距离的概念，任凭火车拖着他虚弱的身体前行。车轮单调的声响，越发像女人在耳旁低语。

那些话语短暂而支离破碎，却是女人尽力活在这个世上的证明，曾让他听到心痛，于是一直难以忘记。不过，如今对于渐行渐远的岛村来说，这些已经远去的声音，不过是为他徒增一份旅途中的哀愁罢了。

也许，行男就在此时此刻停止了呼吸。不知道驹子为什么执意不回去，也许她连行男的最后一面也没见到。

车上的乘客少到有点儿让人害怕。

有个五十多岁的男人，和一个脸庞红彤彤的姑娘面对面坐着，两人没完没了地聊天。那姑娘浑圆的肩头围着黑色围巾，脸色红润得像着了火一样。她探着身子专心致志地听男人说话，又快活地回答对方的提问。看上去两人是出来长途旅行的。

然而，当火车停在一个能看见制丝工厂的烟囱的车站时，那个大爷匆忙从行李架上拿下柳条箱，把它从车窗顺到站台上，只给姑娘留下一句话就下车了：

“好了，我走了，有缘再见！”

岛村登时感到一阵哀伤，几乎要落泪。惊讶之中，更是加深了他与女人作别归来的惆怅。

他做梦也没有想到，那两个人竟然只是偶然在火车上相识。男人大概是个行脚商人，或者别的什么。

从东京的家里启程前，妻子告诉他，现在正是飞蛾产卵的季节，不要长时间把西装挂在衣架或墙上。到了这里一看，挂在旅馆房间屋檐下的装饰灯上，果然粘着六七只玉米色的大蛾子。隔壁三铺席大小的房间里，也有一只蛾子停在衣架上，体形虽小，肚子却颇肥硕。

窗户上还挂着夏天防虫的铁丝网，也有一只蛾子一动不动地静静趴在网上，被粘住了似的，一对红褐色的触角，像挺着两根小羽毛。一双翅膀是透明的淡绿色，有女人的手指那么长。在它背后，县界连绵的群山沐浴在夕阳之中，已经染上了秋色。这一点浅绿，反而让人想到死亡。飞蛾身上，只有前翅和后翅重合的地方是深绿色，秋风吹来，那双翅膀像薄纸般簌簌掀动。

岛村站起来，手指在铁丝网里面弹了两下，想看看蛾子是否活着，可它毫无动静。用拳头“咚”地一敲，飞蛾像树叶般轻轻飘落，落到半空中又轻飘飘地飞起来。

仔细一看，前面的杉树林那里，有数不清的蜻蜓飞来飞去。像蒲公英的茸毛在空中纷飞。

山脚的河川宛如从杉树梢上流泻下来一般。

稍高处的山腰有一簇花朵闪着银色的光，开得烂漫。好像是胡枝子。岛村不知疲倦地看了好久。

从室内温泉出来，有个俄罗斯女人坐在玄关处卖货。岛村没想到还会有商人到这乡下地方来，就去看了看。卖的都是各式各样的日本化妆品或发饰。

那女人大约已经年过四十，脸上的细纹里藏着污垢，但粗壮的脖子到领口一带还是白白胖胖的。

“你是从哪儿来的？”岛村问。

“从哪儿来的？你是在问我吗？”俄罗斯女人不知该怎么回答，似乎一面收拾摊铺一面思索着。

她的裙子裹在身上，像一块脏兮兮的布料，早已没了洋装的样子。看上去已经很习惯日本的生活，回去时背起一个大包袱就走了。不过，脚上还是穿着皮靴。

老板娘和岛村一起将俄罗斯女人送走，然后邀请岛村去账房看看。只见炉子旁边有个高个子的女人背朝外坐着，对方见有人来，便拉着和服下摆起身。她穿的是一件印有家徽的黑色礼服。

之前，岛村在滑雪场的宣传照上见过她和驹子站在一起，穿着宴会上穿的棉雪裤，踩在滑雪板上，所以对这位艺伎有几分印象。她体态丰腴，举止落落大方，只是芳华已逝。

旅馆老板把火筷拿到炉边，烤了几只椭圆形的大豆包。

“来一个尝尝怎么样？是别人送来的贺礼，您随意尝尝看。”

“刚刚那个人金盆洗手了吗？”

“是的。”

“她是一位出色的艺伎呢。”

“合约的期限到了，她是来辞行的。以前她的生意很好呢。”

岛村吹了吹豆包的热气，咬了一口，外皮很硬，有股放陈了的微酸。

窗外，夕阳照在熟得通红的柿子上，泛起的光仿佛也照亮了调整炉子高度的竹筒吊钩[1]。

“那么长，是茅草吧？”岛村看着窗外的坡道，吃了一惊。坡上有个老太婆背着一筐草，那草几乎是老太婆身高的一倍，还垂着长长的穗子。

“嗯，那是芒草哦。”

“是芒草？那是芒草吗？”

“上次铁道部来开温泉展览会的时候，造了一间茶室。大概是当休息室用的吧。茶室的屋顶是用我们这里的芒草铺的。听说，后来有一位东京人，把那间茶室买走了。”

“原来是芒草啊。”岛村又一次喃喃自语着，“原来山上开花的是芒草。我还以为是胡枝子呢。”

岛村下火车后，最先看见的，就是山上那片白灿灿的花。它们灿烂地开在那段陡峭的山腰顶上，闪烁着一片银色的光，好似洒向山间的秋阳，一下子感染了他的思绪。当时他还以为那是胡枝子的花。

然而近看芒草上怒放的小碎花，和远望山腰时所见的那簇忧伤完全两样。背着大捆茅草的女人们连身子都被遮得严严实实，

---

1 用来吊炉子、锅子的用具，可自由调整高度，外面通常罩着竹筒。

芒草划过坡路两旁的石崖沙沙作响，草穗似乎粗壮有力。

回到房间，隔壁屋点着十烛光[1]的灯泡，光线昏暗。那只大肚子的飞蛾在刷着黑漆的衣架上来回爬动产卵。屋檐下的飞蛾也绕着装饰灯撞来撞去，发出啪嗒啪嗒的声响。

虫子从白天开始就叫个不停。

驹子来得迟了一会儿。

她站在走廊里，站在岛村对面，紧盯着他：

“你干什么来了？到这里来干什么？”

“来见你。”

“这不是你的心里话。东京人爱说谎，讨厌。”

接着，她坐下来，温柔地压低了声音：

“我不会再去送你了，那种感觉太别扭了。”

“啊，这次我就悄悄地走。”

“不行，我是说我不去车站送你了！”

“那个人怎么样了？”

“当然死了。”

“是在你去送我的时候死的？”

“但这是两回事。我没想到给人送行会那么难受。”

“嗯。”

“你二月十四日那天是怎么过的？骗子，害我等了好久！以后你说什么我都不信了。”

1　此处的“烛光”为发光强度单位，1 烛光等于 1 坎。

二月十四日是赶鸟节[1]，是孩子们的节日，很有雪国气息。十多天前，村里的孩子们就穿着草鞋把雪踏实，切出两尺长的雪板，将它们堆起来，砌成一座雪堂。雪堂六七尺见方，一丈多高。到了十四日晚上，收集家家户户的注连绳[2]，堆在雪堂门口，烧起熊熊篝火。这个村子的正月从二月一日起算，所以十四日还能找到注连绳。接着，孩子们爬到雪堂的屋顶上，挤挤挨挨地唱起赶鸟歌。唱完歌，又一起拥进雪堂，点亮灯火，在里面守一夜。到了十五日黎明，再爬到雪堂屋顶上唱一次赶鸟歌。

赶鸟节正是每年雪最深的时候，因此上一次岛村和驹子约好，要来看看这个节日。

“我二月回老家啦。生意都停掉了。想着你一定会来，就在十四日赶了回来。早知道就多守病人几天了。”

“谁生病了？”

“师傅到港口去，得了肺炎。那会儿我正好在老家，接到电报，我就去看护了。”

“好起来了？”

“没有。”

“那真是对不住。”岛村像是在为自己没有守约而道歉，又像是为师傅的死哀悼。

1　日本农村的祭祀活动之一，正月十四日晚上到十五日早上举行，祈祷当年五谷丰登。此地晚一个月举行。

2　举行神事活动时用于划定神圣场所，或新年时为了辟邪张挂在门口的稻草绳。

“没什么，”驹子见状，急忙懂事地摇摇头，一面用手绢擦桌子，一面说，“虫子好多。”

矮脚桌上和铺席上落了一大片飞蚂蚁。还有几只小飞蛾，围着电灯飞来飞去。

纱窗外面也零零星星地趴着好几种蛾子，在澄澈的月光中浮浮沉沉。

“胃疼，胃疼。”驹子两手用力顶在腰带的位置，趴在岛村的膝盖上。

她敞开的领口里露出涂着浓厚脂粉的脖颈，转眼间，不少比蚊子还小的飞虫落下来。有的当即死去，落下便不再动弹了。

驹子的脖颈比去年胖了，添了些赘肉。她已经二十一岁了啊，岛村想。

膝头传来一阵温暖的潮湿。

“她们在账房坏笑着跟我说：‘阿驹，你去山茶屋看看吧！’好讨厌哦。我刚把姐姐送上火车，回来想清清爽爽睡上一觉，又说这里有人打电话找我。我太累了，都不想来啦。昨天晚上喝多了。给姐姐践行来着。怪不得她们在账房笑个没完，原来是你。我们有一年没见了吧？你是一年来一次吗？”

“那豆包我也吃了。”

“是吗？”驹子直起身子。脸上只有压在岛村膝盖上的地方红了一块，忽然显出几分稚气。

她说给那位年长的艺伎送行，一直送到了下下个车站。

“挺无聊的。以前大家做什么都一条心，但现在都越来越自私了，各有各的主意，没有凝聚力。这里也变了不少，合不来的人越来越多。菊勇姐姐走了，我就要寂寞了。因为以前大家都围着她，生意也是她的最好，没有哪次少于六百支香[1]的。她在我们这里很受宠呢。”

听说那个菊勇到了合约期限，要回故乡去了。岛村问：“她是回去结婚，还是继续做这类生意呢？”

“姐姐也是个可怜人。以前想过嫁人，没嫁成才到我们这里来的。”再往后，驹子就有些吞吞吐吐。犹豫了一会儿，才望着被月光照亮的一道道梯田说道：

“那个坡道中间，不是有一座刚建好的房子吗？”

“叫菊村的小饭馆？”

“对。菊勇姐姐离开我们这儿之后，本来可以去那家店的，但她忽然又不愿意去了。当时事情闹得沸沸扬扬，好不容易有人为她把房子都盖好了，她竟在马上要搬进去的时候把对方蹬了。她有了喜欢的人，打算和那个人结婚，最后被人家骗了。是不是一旦着了迷，就会落得那个下场呢？事到如今，她总不能因为自己的心上人跑了，再回到上一个人的怀抱，接下那家店吧？这件事情让她颜面尽失，在这个地方也待不下去了，只好去别处另谋生计。想一想也是怪可怜的啊。我们也不太清楚，反正她有过不少人。”

“有过不少男人吧？有五个吗？”

1　艺伎陪酒按点香的数量计算时长。

“有吧。”驹子脸上含着笑容，却忽然转过身去，“姐姐也是个软弱的人啊，太懦弱了。”

“她也没有办法啊。”

“可不就是这样吗？被人喜欢，能算什么呢？”她低着头，用发簪挠挠脑袋，“今天我去送她，可舍不得了。”

“那原本要给她的那家店，怎么办了？”

“对方让自己的妻子过来经营了。”

“让自己的妻子过来经营，还挺有意思。”

“开张的一切准备都做好了嘛，不这么办也没有别的办法了。那人的妻子搬了过来，把孩子们也都带过来了。”

“他们家里呢？”

“听说留了一个老婆婆在家。那个男的虽然是乡下人，却喜欢做生意，人也挺风趣的。”

“是个浪荡的人吧？年纪不小了吧？”

“很年轻的，也就三十二三岁。”

“哎，那要是真过了门，岂不是小妾比原配的年龄还要大了？”

“她们两个都是二十七岁。”

“菊村的‘菊’字，就是菊勇的‘菊’吧？那个妻子居然接手了。”

“招牌一旦打出去，也就不好再改了吧。”岛村拢了拢衣领，驹子立刻起来关窗，“姐姐也一直记得你。今天还跟我说起你呢。”

“她来辞行的时候，我在账房碰见了。”

“你们说了些什么？”

“什么也没说啊。”

“你明白我的心思吗？”驹子唰地把刚关上的窗户拉开，坐在窗边，探出半个身子。

过了一会儿，岛村说：“这里的星光和东京的太不一样啦。星星好像飘在天上似的。”

“是因为今天晚上有月亮，平时也不是这样。今年的雪下得真大啊！”

“听说火车动不动就不通车了？”

“嗯，可吓人了。汽车也比往年晚了一个月，五月才通。滑雪场不是有个小卖部吗？有一天，雪崩把二楼压塌了，一楼的人还不知情，听到奇怪的响动，以为是厨房在闹老鼠。去厨房一看，什么事儿也没有。一上二楼，满屋子都是雪。挡雨板什么的，全都让雪冲走了。虽然只是山上表面的雪塌下来，但广播里说得很严重。滑雪的客人听了害怕，都不敢来了。今年我本来决定不滑雪了，去年年末把滑雪板都送人啦。但到底还是去滑了两三次。你看我，变样了吗？”

“师傅去世后，你是怎么过的？”

“那些都是别人的事，你就别管啦。反正二月份的时候，我可是来这里等你了。”

“你既然回港口去了，写封信告诉我不就行了吗？”

“我才不要呢。惨兮兮的，我不要。让你妻子看见了也无所谓的信，我写来做什么呢？太可怜啦。还要拘谨着说些言不由衷的话，我才不那样呢！”

驹子语气激动，连珠炮似的说了一大堆。岛村点点头。

“你别坐在那个虫子堆里，把灯关了就好了。”

月光皎洁，照得女人的耳朵也凹凸分明。一直照进屋里，显得铺席更加清冷。

驹子美丽的嘴唇像水蛭的环节一样湿润。

“不，让我回去。”

“你还是老样子啊。”岛村仰着脑袋，有些滑稽地从近处端详她那张颧骨略高的圆脸。

“大家都说，我和十七岁刚来这里的时候比，一点儿也没变呢。生活嘛，本来就是日复一日的。”

北国少女面颊特有的红润还明显地留在她脸上。艺伎特有的细腻皮肤，在月光的照耀下泛着贝壳般的光泽。

“不过，你知道我家里的变化吧？”

“你师傅去世了吧？现在你不住在那间蚕房了？这次住进真正的置屋[1]了吗？”

“真正的置屋？是啊，我在店里卖粗点心和香烟呢。还是只有我一个人操持。这次确实是住在雇主家里，到了晚上，想看书就得点起蜡烛。”

见岛村抱起双臂笑了，她又说：“这回装了电表，再浪费电可就不好了！”

1　艺伎的住处。

“是这样啊。”

“不过，那家人对我可好了，好到让我怀疑自己是不是受雇于人。孩子一哭，老板娘怕吵我，就背着小孩出去了。这边一切都好，唯一的烦心事就是被子铺得不平整。要是我回来得晚，他们就给我把被子铺好啦。但不是褥子铺得皱皱巴巴的，就是床单铺歪了。我看见了就觉得难为情呀。但是，自己重新铺一遍又不太好，毕竟人家对我很好，我很感激。”

“你要是成了家，可够你辛苦的。”

“大家都这么说。这是天性吧。家里要是有四个小孩，东西总是丢得四处都是，那可太糟糕了。我要跟在他们后面收拾一整天呢。虽然知道现在收拾好了，迟早还是要被他们弄乱的，但我就是看不下去，不能不管。在情况允许的范围内，我还是想活得干净漂亮点儿啊。”

“是啊。”

“你明白我的心思吗？”

“明白啊。”

“明白的话就说来听听。来，说给我听听。”驹子突然强硬起来，逼着他说，“你看，说不上来了吧！净说谎。你就是个生活阔绰的任性鬼，怎么可能明白我的心思。”

接着，她低下声音：“真让人伤心，我就是个笨蛋。你明天就回去吧。”

“像你这样追着问，怎么可能说得清楚啊？”

“这有什么说不清楚的？你就是这点不好！”驹子又无可奈

何地不再说话，那样子像是相信，只要自己闭上眼睛不说话，岛村就多少能明白自己的心意。

“你一年来一次也行，还是来吧。我在这里的时候，一年一次，请一定要来呀。”

她说她的合约期限是四年。

“我回老家的时候，做梦都没想到还会出来做生意。走之前，我连滑雪板都送给人家了。不过要说这段时间有什么进步，那就是我把烟戒了。”

“对哦，你之前可没少抽烟。”

“嗯。宴席上客人送我的，我悄悄放到袖子里，回到家，能有好几根呢。”

“不过，四年可是很久啊。”

“很快就过去了嘛。”

“暖和。”驹子一靠过来，岛村便顺势把她抱了起来。

“暖和是天生的啦。”

“现在早晚已经冷了吧？”

“我来这儿已经五年了。一开始胆小，觉得这样的地方简直没法住。这里通火车之前，我都很寂寞。从你第一次来到现在，也有三年啦。”

这不到三年之间，自己来了三次，每一次，驹子的境遇都有变化。岛村想着。

忽然有几只纺织娘叫起来。

“真烦人。”驹子推开他的膝头，站起来。

北风吹来，纱窗上的蛾子一齐飞起来。

明知道那双好像微睁着的黑色眼眸，其实是浓密的睫毛合上的样子，岛村还是凑近瞧了瞧。

“戒了烟，人就胖啦！”

她肚子上的赘肉多了。

分开后难以捉摸的感情，一见面很快又恢复了往常的亲昵。

驹子把手心轻轻地盖在胸脯上。

“有一边变大了。”

“傻瓜。是那个人的毛病吧，只摸一边。”

“哎呀，好讨厌啊！瞎说，你这个人太讨厌了。”驹子突然变了脸。岛村想起来了，就是这种感觉。

“下次你跟他说，让他对两边公平点儿。”

“公平点儿？跟他说公平点儿？”驹子温柔地把脸凑过来。

这间屋子在二层，但还是能听见癞蛤蟆在房子周围叫。听上去不止一只，而是两三只，而且边走边叫。那叫声经久不衰。

从室内温泉出来，驹子十分踏实，又静静讲起自己的身世。

第一次在这里接受检查的时候，我还以为和做雏妓的时候一样，只要脱掉上半身就行了。为此，还被人家笑话，然后我竟然哭了出来——她把这些细节都说了出来。岛村问什么，她都回答：

“我的那个特别准，每个月都提前两天，不早也不晚。”

“不过，来那个的时候去宴会，不会不方便吗？”

“嗯，你连这些都懂吗？”

为了暖和身子，她每天都去泡有名的温泉。赴宴的时候，新老温泉酒店之间要走八里多路，乡间的生活也很少熬夜。因此她很健康，身上的肉紧实，又有着艺伎的婀娜体态——腰细，骨架横里窄、竖里厚。既然是能把岛村从大老远吸引过来的女子，自然有值得深深爱怜之处。

“也不知像我这样的能不能生小孩？”驹子认真地问。她的意思是说，如果只和一个人交往，是不是也就和夫妻没什么区别。

岛村这才知道，原来驹子身边有这么一个人。她说他们从她十七岁那年开始，已经交往了五年。以前，驹子的天真无邪和毫无戒备总是让岛村感到惊讶，现在他终于明白个中缘由了。

原来，驹子做雏妓时为她赎身的那个人死后，她回到港口不久便遇到了这个人。也许是因为这个，驹子说自己从那时到现在，一直讨厌他，总是放不开。

“他对你好了五年，也是个不错的人了。”

“以前有过两次分手的机会。一次是我来这里当艺伎的时候，还有一次是我从师傅家搬到现在的住处时。但是，我都太懦弱了。我真的太懦弱了。”

驹子说那个人现在住在港口。让她也留在那个小镇不太合适，因此当师傅来这个村庄的时候，就把她托付给了师傅。他虽是个好人，驹子却从未想过许身于他，想想也怪可怜的。两人年岁相差许多，他只是偶尔过来看看。

“我经常会想，到底怎样才能和他断掉。要不要干脆放荡一下，我真的这么想过。”

“放荡可不好。”

“我根本做不到。果然还是天性使然，就是不行。我很爱惜自己的身体。如果我愿意，可以把四年的期限缩短到两年，但我不想那么拼。身体重要。如果拼命去做，能多赚不少吧。既然有合约期，只要不让雇主赔本就行了。算出每个月本金多少，利息多少，税金多少，再加上自己的饭钱，就大致清楚了。超出去的部分，我不会逼自己乱来。若是麻烦的场子，就早早回去。没有熟客指名要我，旅馆也不会半夜打电话找我。要想过奢侈日子，那永远没个头儿。随着自己的心意赚点小钱，这就够了。现在还不到一年，本金已经回来一多半儿啦。就算这样，每个月的零花钱林林总总地加在一起，也要三十块呢。”

她说，每个月赚一百块钱就可以了。上个月赚得最少的人是三百支香，六十块。驹子是赴宴次数最多的，一共九十多场。一场宴会自己抽一支香的成，雇主虽然吃点亏，但很快就能赚回来。在这个温泉村里，没有谁是债台高筑，需要延长期限的。

第二天早上，驹子依旧早起。“我梦见自己和插花师傅一起打扫这间屋子，然后就醒了。”

搬到窗边的梳妆台照出满山的红叶。秋天的太阳在镜中仍旧明亮。

粗点心店的女孩给驹子送来了换洗衣裳。

“阿驹——”隔扇门后面传来了喊声，却已不再是叶子那清澈到几近悲凉的声音。

“那个姑娘怎么样了？”

驹子飞快地看了岛村一眼：“她天天去扫墓。你看，滑雪场下面不是有一片荞麦田吗？开着白色小花的地方。花的左边能看见坟头吧？”

驹子回去后，岛村也走出旅馆，到村里散步。

屋檐下的白墙边，有个女孩穿着崭新的朱红色法兰绒雪裤拍皮球。真是一派秋天的景象。

这里有许多古色古香的房屋，看上去像是大名出访的时候就有的了。檐廊很长。二层的纸拉窗只有一尺来高，又矮又长。屋檐上垂着芒草帘子。

土坡上有一道种着细叶芒的篱笆，正开着浅黄色的花。每一株都披散着细长的叶子，好像美丽的喷泉。

那个在路边向阳的地方铺着稻草席打豆子的人，正是叶子。

一颗颗红小豆从干瘪的豆荚里蹦出来，宛如一粒粒阳光。

叶子头上包着头巾，没有看见岛村。她叉开穿着雪裤的双腿，一面打豆子，一面唱着歌。歌声澄澈到近乎悲凉，如有回声。

蝴蝶，蜻蜓，蟋蟀哟，

大山里头鸣啾啾，

金琵琶，金铃子，纺织娘哟。

有一首歌谣是这样唱的：“晚风里的大乌鸦呀，扑棱棱地飞出杉树林。”今天，从窗边向下望去，杉树林前面仍然有一群蜻蜓扇动着翅膀。临近黄昏，它们似乎也匆匆加快了在空中游弋的速度。

岛村出发前，在火车站的小卖部看到一本新书，是介绍这一带山野风光的，便买了下来，漫不经心地翻阅着。书上写道：“从旅馆远望县界的群山，其中一座山的山顶附近有一条小路，优美的池沼错落有致地分布其间。在这片湿地上，无数高山植物的花朵遍地盛放。到了夏天，红蜻蜓悠闲自在地飞来飞去，停在人的帽子上、手上，有时甚至停在眼镜框上。与饱受凌虐之苦的城市蜻蜓相比，境遇真是天壤之别。”

但是，眼前的这群蜻蜓就像身后有什么东西追赶似的，十分焦急，杉树林总会先暮色一步沉入黑暗，或许这群蜻蜓是担心被杉树林的晦暗吞噬吧。

夕阳照耀的远山上，能清楚地看到红叶正从山头向下，渐次染遍群山。

“人真是脆弱啊。听说从山上掉下来，从头到脚都会摔得粉碎。要是熊，就算从更高的岩石上掉下来，身上也不会有一点儿伤呢。”岛村想起驹子今天早上说的话。她指着那边的山，说是山上岩石多的地方又有人遇难了。

如果人有一身像熊一样又硬又厚的皮毛，亲热时的快感一定和现在很不一样吧。毕竟人是靠着爱抚彼此柔滑细嫩的皮肤来亲热的。岛村想着这些，望着夕阳中的群山，忧伤地渴望起肌肤相亲的温度来。

“蝴蝶，蜻蜓，蟋蟀哟……”有一桌晚宴开始得早，一个艺伎弹着蹩脚的三弦琴，唱着这首歌。

那本介绍山野风光的书上，只简单记录着登山路线、日程安排、旅馆和费用等内容，反而给人留下凭空想象的自由。岛村初识驹子，便是在新绿萌芽、残雪未化的时候。他在山间漫步，然后来到这个温泉村。如今正是秋季登山的好时节，就这样在屋里眺望留有自己足迹的群山，他不禁又心生向往。对整日无所事事的他来说，本无要事，却硬要不辞辛苦地往山里走，简直是徒劳中的典范。可也正因如此，登山才有了超脱现实的魅力。

虽说远隔两地时岛村常常想念驹子，但来到她近旁后，也不知是因为多少安下心，还是因为这一次和她的肉体亲近过了头，现在他对人肌肤的渴望和对大山的向往都像梦一样虚幻。昨晚驹子刚在这里过了夜，也可能和这个有关吧。不过，眼下他独自坐在寂静中，也只好期盼驹子能不请自来。听着郊游的女学生们年轻的声音吵吵嚷嚷，岛村竟不觉昏昏欲睡，早早便躺下了。

不久，好像下了一场秋雨。

第二天清早，他一睁眼，驹子正端坐在桌前读书。和服外面罩了一件平纹粗绸的便装短外褂。

“你醒了？”她看着岛村，静静地说道。

“怎么回事？”

“你醒了吗？”

岛村怀疑她是在自己睡着的时候过来的，他在自己的被褥周围找了一圈，从枕边拾起手表一看，才六点半。

"好早啊。"

"不过，女佣已经来添过火啦。"

铁壶上头飘着热气，显然是清早的景象。

"起来啦。"驹子起身，坐到他枕边。一举一动就像一个居家的女人。岛村伸了个懒腰，抓住女人放在膝头的手，摩挲着她小巧手指上练琴留下的老茧。

"我还困着呢，天不是刚亮吗？"

"一个人睡得好吗？"

"嗯。"

"你还是没有留胡子啊。"

"对了，上次分别的时候，你好像这么说过，让我把胡子留起来。"

"反正你也忘了，无所谓啦。你的下巴总是剃得光溜溜的。"

"你也一样，每次卸掉脂粉，就好像刚用剃刀刮过脸似的。"

"你的脸是不是又胖了？皮肤这么白，如果没有胡子，睡着的时候就显得怪怪的。太圆啦。"

"线条柔和，这还不好吗？"

"看上去靠不住。"

"讨厌。你刚才是不是直勾勾地盯着我呢？"

"对。"驹子嫣然一笑，点了点头。但那笑容越来越灿烂，她终于咧嘴笑出声来，笑得连抓着岛村的手指都握得更紧了："我藏在壁橱里啦，女佣根本没发现我。"

"什么时候？你从什么时候开始藏在这儿的？"

“不就是刚才嘛，女佣过来添火的时候啊。”

她想起来，又笑个没完，忽然一下脸红到了耳朵根，为了掩饰窘态，掀起被角，一面扇风一面说：“快起来，快给我起来！”

“好冷啊！”岛村紧抱着被子，“旅馆里的人都起来了吗？”

“这我怎么知道，我是从后面上来的。”

“后面？”

“从杉树林那边爬上来的。”

“还有这么一条路？”

“没有路，但这边近。”

岛村吃惊地看着驹子。

“没人知道我过来。厨房里有声音，但大门还关着呢。”

“你又起得很早啊。”

“昨天晚上没睡着。”

“夜里下了一场雨，你知道吗？”

“是吗？怪不得那边的山白竹都湿了。我回去啦，你再睡一会儿吧，好好休息。”

“不睡啦。”岛村握着女人的手，一使劲出了被窝，走到窗边，看看女人爬上来的那条路。那个小坡下面灌木丛生，树木的长势十分茂盛。那一带在山腰上，连着杉树林。窗子正下方的田里，种着萝卜、白薯、大葱和芋头等常见的蔬菜。它们沐浴着清早的阳光，仿佛刚刚发现彼此叶子的颜色不同似的，十分新鲜。

掌柜在通往温泉的走廊里，喂泉水池里的锦鲤。

“可能是太冷了吧，鱼都不怎么吃东西了。”掌柜对岛村说着，注视了一会儿浮在水面上的干燥蚕蛹碎，那是鱼儿的饵料。

驹子端庄整洁地坐着，对洗好澡的岛村说：

“这里真清静，应该在这儿做做针线活儿。”

房间刚刚打扫过，秋天早晨的阳光悠长地洒进来，照在稍显陈旧的铺席上。

“你还会做针线活儿吗？”

“瞧你说的，我在兄弟姐妹里是最辛苦的。想来，我刚长大的时候，正是家里最苦的时候呢。”她像是自言自语了一阵儿，忽然又兴致勃勃地说，“刚才女用人很纳闷地问我：‘阿驹，你是什么时候来的？’我也不能三番五次地躲到壁橱里去，真是的。我回去啦，忙着呢。刚才没睡着，想洗洗头发。不趁着早上洗完，等它晾干了去找梳头师傅，就赶不上中午的宴会啦。这里也有宴会，不过昨天晚上才通知我。我已经答应要去其他地方的了，这里的就来不成了。今天是星期六，会非常忙的。不能来找你玩啦。”

驹子这么说着，却没有站起来的意思。

她没去洗头发，而是约岛村去了后院。也许她刚才就是从这里爬上来的，游廊下面放着她湿透的木屐和布袜。

驹子爬上来时穿过的那片山白竹，怎么看也不像能通过去的样子，于是两人沿着田边，朝有水声的地方往下走。走到河岸，旁边是悬崖峭壁，栗子树上传来孩子的声音。脚边的草里也有几个树上掉下来的毛栗子。驹子用木屐踩了踩，把里面的栗子挤出来。都是些小栗子。

对岸山腰的陡坡上，一大片芒草穗子都开了花，耀眼的银光在风中摇摆。尽管耀眼，却如同飞扬在秋日天空中的透明幻梦。

“我们去那边看看吧，能看到你未婚夫的坟。”

驹子倏地挺起身子，定定地看了岛村一会儿，突然将一把栗子朝他脸上扔去：

“你在拿我当傻子耍啊！”

岛村避闪不及，栗子噼里啪啦地打在他头上，痛极了。

“你和他有什么关系，非要去看他的坟？”

“你干吗这么较真啊！”

“无论怎样，对我来说那都是一件严肃的事。我和你这种一天到晚花天酒地的人不一样！”

“谁一天到晚花天酒地了……”他无奈地嘟囔道。

“那你提什么未婚夫？我早就和你说得很清楚了，他不是我的未婚夫。你忘了吗？”

岛村怎么可能忘记。

“师傅也许是想过让她儿子和我在一起，但她只是心里想想，一次也没说出来过。师傅的心思，少爷和我多多少少都明白。可是，我和他之间什么也没有。一直是分开生活的。我被卖到东京的时候，只有他一个人来为我送行。”

他记得驹子这样说过。

他也记得，当时那男人已经病危，驹子却还住在自己这里，甚至要把全身心献给自己：“我做自己想做的事，一个快要死的人，凭什么拦着我？”

更何况恰好在驹子送岛村去车站的时候，叶子来接驹子，说病人状况紧急。尽管如此，驹子还是固执地没有回去。所以似乎连男人的最后一面也没有见。这更让岛村记住了那个名叫行男的男人。

驹子总是对行男的事避而不谈。虽说他们之间没有婚约，她还是为了给他赚疗养费，到这里来做艺伎。这足见她所谓的“严肃”。

发现岛村被砸了一脸栗子也没生气，驹子一瞬间露出了惊讶的神色，马上和缓了态度，攀住他说：

“嗯，你倒真老实。是不是难过了？”

“树上的孩子看着我们呢。”

“搞不懂啦，东京人太复杂了。周围的环境太嘈杂了，就容易心不在焉吧？”

“对什么都是心不在焉的。”

“以后恐怕对自己的性命都不在乎了呢。去看看坟吧！”

“好啊。”

“你瞧瞧，其实你根本不想去吧？”

“是你不想去而已。”

“我一次都没去看过，所以才觉得别扭呢。真的，一次都没去过。现在师傅也一起埋在那儿了，我觉得对不住师傅，就更不想去了。干这种事，虚情假意的。”

“你这个人比我复杂多啦。”

“我哪里复杂了？对待活着的人，没法随心所欲地表明态度。

至少在死人面前，应该分得清楚些。”

一整片杉树林的阒静，仿佛要凝成冰冷的水珠掉下来。他们从中穿过，沿着滑雪场下面的铁路走了不一会儿，就来到坟场。田埂稍高的一角，仅仅立着十几块石碑和一尊地藏菩萨像。四下冷冷清清，地上光秃秃的，没有一朵花。

但是，地藏菩萨身后那片低矮的树丛里，忽然露出叶子的上半身。她像上次那样板着一张脸，宛如戴着假面，突然望向这边，目光灼灼，刺得人心痛。岛村赶忙弯腰，向她行了个礼，然后站住不动。

“叶子你早啊。我去梳头师傅那儿……”驹子的话说了一半就停住了。仿佛猛然刮来一阵黑风，她和岛村都缩紧了身子，差点被吹跑。

一列火车从近旁轰然驶过。

“姐姐——”震耳欲聋的噪声中，传来一声呼喊。黑色货车的门边站着一个少年，挥动着帽子。

“佐一郎——佐一郎——”叶子喊。

是在雪中的线路所呼喊站长的那个声音，动听到几近悲凉，仿佛在呼唤遥远的船只上听不到声音的人。

火车通过之后就像取下了蒙眼布一般，铁道对面的荞麦花鲜亮可人。红色花茎上齐刷刷绽放的花朵显得分外幽静。

两人没想到会遇上叶子，方才连火车开过来都没注意到。现在，这份微妙的情绪也被火车一阵风似的带走了。

接下来，车轮的声音渐渐远去，叶子的声音却似乎仍在回荡。仿佛是纯洁的爱情发出的回响。

叶子望着火车远去："我弟弟在那辆火车上呢，要不我去车站看看吧。"

"可是，火车又不会在车站等着你。"驹子笑了。

"是哦。"

"我啊，是不会给行男上坟的。"

叶子点点头，稍微踌躇了一会儿，在坟前蹲下，双手合十。

驹子在原地站着不动。

岛村的目光扫到那尊地藏菩萨像上。菩萨有三张脸，脸型细长，一双手在胸前合十，左右两边还各有两只手臂。

"我去梳头发了。"驹子对叶子说完，沿着田垄往村子的方向走去。

将好几截竹竿或木棒绑在一起，做成晾衣竿的模样搭在树干之间，把稻子挂上去晾干，看上去就像立起一面稻子做的高高的屏风。这在当地方言里叫"秡手"。岛村他们经过的路边，也有农家在搭这东西。

穿着雪裤的姑娘用力一扭腰，将一把稻子扔上去，男人站在高处，麻利地接过来，捋直了分开，晾到竿子上。动作熟练而自然，有节奏地重复着。

驹子用手心接着竿子上垂下来的稻穗，晃来晃去地掂量着，像是在掂量什么贵重物品的重量，享受稻子的质感一般眯起眼：

"这稻穗真结实，摸着就让人心情好。和去年可大不一样了。"一群麻雀乱哄哄地从天上低低飞过。

路边的墙上贴着一张发黄的纸，上面写着："插秧工人的工钱规定。每日九十钱，提供伙食。女工打六折。"

叶子家也搭了秡手，在临街稍微凹陷一些的田地后面。院子左边，邻居白墙下的那排柿子树上有一组高高的秡手；田地和院子中间，也就是跟柿子树上那组秡手成直角的位置上还有一组。稻子下面的一侧留了一个口子供人钻进钻出，就像用草席而不是稻子建了一座小屋似的。田里的大丽花和蔷薇都已干枯，旁边的芋头叶倒是长势茂盛。养锦鲤的莲池在秡手后面，从外面看不见。

去年驹子住的那间蚕房的窗户，也被掩住了。

叶子似乎有些愠怒，一低头，从稻穗的缺口那里走进去了。

"她一个人住在这里吗？"岛村望着她微微前倾的背影问。

"也不一定吧。"驹子的语气生硬，"啊，讨厌。不去梳头了。都怪你多嘴，才搅了那个人扫墓。"

"是你太任性，不想在上坟的时候遇见她吧？"

"你根本不懂我的心思。一会儿要是有空我再去洗头。虽然会晚一点儿，但是一定会去你那里。"

接下来就是凌晨三点了。

岛村听见纸拉窗被打开的声音，像是要给推倒了似的。睁眼一看，驹子整个人倒在他胸口，连肚子都上下起伏着，大口大口地喘着气：

"我说会来，就一定会来。嗯，我说会来，就一定会来！"

"你醉得很厉害啊。"

“嗯，我说会来，就一定会来吧！”

“啊，你是来啦。”

“到这儿来的路，看不清！看不清！呼，好难受。”

“醉成这样还是从那边爬上来了啊？”

“不管了，我不管了！”驹子猛地往后一仰，翻了个身，压得岛村难受。他往上坐了坐，人却还迷糊着，晃晃悠悠地又倒下去，只觉脑袋下面热乎乎的，吓了一跳。

“你怎么跟着了火似的，傻瓜。”

“是吗？火枕头，会烫伤的哦。”

“没错。”岛村闭上眼，那股热气沁入脑门，让他觉得自己的的确确是活着的。一个名叫现实的东西随着驹子激烈的呼吸传递过来，和令人怀念的悔恨相似，仿佛在安静地等待着，要为某种东西复仇。

“我说会来，就一定会来吧！”驹子一门心思地重复着这句话，又说，“既然来过了，我就回去了。我去洗头发。”

她说完便爬起来，咕咚咕咚地喝水。

“你醉成这个样子怎么回得去啊？”

“回去，我有伴儿。洗澡的东西放哪里去了？”

岛村站起来打开灯，驹子忙用双手遮着脸，趴在铺席上。

“不要嘛！”

她穿了一件华丽的元禄袖薄毛呢夹和服，外面披着黑领睡衣，系着窄腰带。这种穿法看不见内衣的衣襟。一双赤脚连脚边都醉得泛红。她蜷缩着身子，像是要把它藏起来似的。那模样极为可爱。

她好像把洗澡用具全都扔了出来，肥皂和梳子散了一地。

“帮我剪一下，我带剪子来了。”

“剪什么？”

“这个。”驹子把手伸到头发后面，“这个发带，我本来想在家里剪掉的，但是手不听使唤，就到这儿来让你帮我剪一下。”

岛村分开女人的头发，剪掉绑在里面的细带。每剪一处，驹子的头发就散开一些，人也安静一点。

“现在几点了？”

“已经三点啦。”

“啊，都这么晚了？你可别把头发也剪了啊！”

“你绑了好几个啊。”

他抓起一簇假发，发根的地方还微微发热。

“都三点了？我从宴会回来，好像倒下就睡着了。我和朋友约好了，所以人家邀我去呢。现在肯定不知道我去哪里了。”

“她们在等你吗？”

“我们三个人，要进公共浴池。今天原本有六场宴会，时间不够，最后只跑了四场。下周大家都来看红叶，就要忙起来了。谢谢啦！”她一面梳通头发，一面抬起脸，含着醉人的微笑，“管他呢。嘿嘿嘿，好有趣呀！”

说着，无奈地捡起地上的假发：

“让朋友等太久不好，我去啦。洗完澡就不来你这儿了。”

“看得见路吗？”

“看得见。”

可她说着就踩到衣服下摆，踉跄了一下。

想到驹子一天来了两回，还是在早晨七点和凌晨三点这样不寻常的时间抽空过来，岛村隐约感到某种异样。

几个掌柜将红叶像门松[1]一样，装饰在旅馆大门两旁，欢迎赏枫的客人住店。

其中那个盛气凌人、指手画脚的掌柜，是店家临时雇来的，自嘲为“候鸟”。有的男人从满山新绿的初春到红叶飘飘的深秋，都在这一带山里的温泉干活儿，冬天则去热海或长冈等伊豆的温泉打工。他就是其中之一。这些人不一定每年都在同一家旅馆工作。这位掌柜一面炫耀自己在喧嚷的伊豆温泉工作的经验，一面在背后一个劲儿地数落这里待客不周。他搓着双手，死缠烂打地招揽客人，十足地显出一副没有诚意的叫花子相。

“先生，您吃过野木瓜吗？如果想吃的话，我去给您摘。”他对散步回来的岛村说着，将挂着野木瓜的藤蔓系在挂满红叶的树枝上。

树枝像是从山上砍下来的，大概有屋檐那么高，红艳艳的，仿佛一下子照亮了玄关，每一片叶子都大得出奇。

岛村捏了捏野木瓜冰凉的果实，不经意间看见叶子坐在账房的地炉边。

---

1 日本民俗中正月竖在房门口或大门口的装饰性松树。

老板娘正守着铜壶温酒，叶子和她面对面坐着。老板娘一对她说些什么，她就用力点点头。她没穿雪裤，也没穿和服外套，只穿一件像是刚刚浆洗过的平纹粗绸。

“那个人是来帮忙的？”岛村若无其事地问掌柜。

“是啊，多亏了她。我们现在人手不够呢。”

“你也一样吧？”

“嗯。不过，她是村里的姑娘，行事风格和别人不太一样。”

叶子好像是在厨房帮忙，一直没去过客厅。客人一多，后厨女佣们的声音也跟着大起来，但听不见叶子那美丽的声音。负责岛村那个房间的女佣说，叶子睡前洗澡的时候，有在浴池唱歌的习惯，岛村也没听到过。

可是，一想到叶子在这家旅馆里，岛村想叫驹子来的时候，就不免有些拘束。尽管驹子的爱情是向他敞开的，他依然感到空虚，认为那份爱是一种美丽的徒劳。但又正因如此，他真切感受到驹子对生存的渴望，就如同触碰到赤裸的肌肤。岛村可怜驹子，也可怜自己。他觉得叶子仿佛有一双洞悉一切的眼睛，宛如一道辉光。岛村也被这个女人吸引了。

当然，即使岛村没有要求，驹子还是频频到访。

他去溪谷深处看红叶时，曾从驹子家门前经过。那时，她听到车声，分辨出刚才路过的一定是岛村，马上跑到门口，岛村却连头也不回，驹子因此说他是个薄情郎。于是，只要她被叫到旅馆，就一定会去岛村的房间。去泡温泉时也要顺道看一看。如果有宴会，她便提前一小时离开，在他房里玩到女佣来催才走。也经常从宴会中溜出来，在他房间的梳妆台前补个妆。

“我要去工作啦，今天想赚点钱。走了，做生意，做生意！”说罢起身离开。

装琴拨的盒子、和服外套，等等，她恨不得将所有带来的东西都放在他的房间再回去。

“昨晚回去以后没有热水，我就在厨房摸黑弄了些吃的。把早上剩下的味噌汤浇在饭上，就着梅干吃了，特别凉。今天早上也没人叫我，一睁眼都十点半了，本来想七点起床就过来的，也没来成。”

这些生活上的琐事，以及每天从哪家旅馆去了哪家旅馆、每场宴会的情形，她都事无巨细地向岛村汇报。

“我一会儿再来。”她喝了口水，起身时又说，“也可能不来啦。三十个客人，我们只有三个人，忙得抽不开身。”

可是，没多会儿就又过来了：

“太痛苦了。我们三个人要应付三十个客人。而且另外两个人一个年纪最大，一个年纪最小，就苦了我一个。客人真小气，肯定是什么旅行团的。一般三十个客人至少要请六个人来。看我一会儿喝几杯，吓吓他们。”

每天都是如此，往后也不知要如何收场。驹子本人似乎也竭力想将自己的心思隐藏起来，她散发出的那份孤寂，反而让整个人的气场越发妖媚。

“从走廊经过会发出声音，真是让人脸红。就算脚步再轻，人家也能听见。每次我经过厨房，她们就笑话我，问我是不是又去山茶屋了。没想到会变得这么束手束脚。”

“小地方，有点事就很难办吧？”

“现在大家都知道了。”

“这可不妙。”

“是啊，在我们这种小地方，只要有一点坏名声，就全完啦。”尽管她这样说，还是马上仰起脸来微笑，“不过没关系的，我们这一行，到哪里都有饭吃。”

她的语气直爽而老实，让坐食祖上财产的岛村大感意外。

“真的，在哪里赚钱都一样，没必要想不开。”

她说得好像若无其事，岛村却听出了女人的心声。

“这样就足够了。只有女人才能做到，去真心实意地爱上一个人。”驹子微微红着脸，低下头去。

她的后衣领口敞开来，脊背到肩膀仿佛一张打开的白色扇面。肌肤抹着厚厚的白色脂粉，丰满得让人感到一股莫名的哀伤。看上去像毛织品，又像某种动物。

“现在这世道的确如此。”岛村嘟囔着，觉得自己这话虚情假意，不由得打了个冷战。

可驹子的回答却一派天真：“无论什么时候都是一样的啦。”接着又抬起头，怔怔地添了一句，“你难道不知道吗？”

贴在她后背上的红色内衣被遮起来，看不见了。

岛村正在翻译瓦莱里[1]和阿兰[2]的作品，以及俄罗斯舞蹈鼎盛时期法国文人的舞蹈论。他打算自费出版一批小印量的精装版。这类书对于当今日本舞蹈界恐怕毫无用处，但要说聊以自慰总还是可行的。用自己的工作来嘲笑自己，大约也是一种任性的欢乐。也许他那可怜的梦幻世界就将由此诞生。如此，就更没有必要急着出来旅行了。

他仔细地观察了昆虫们闷死的惨状。

随着秋凉，每天都有虫子在他房间的铺席上死去。硬翅膀的虫子只要一翻肚子，就再也起不来了。蜂则是走几步跌一跤，反复几次后倒卧不起。随着季节的更迭，它们自然而然地走向死亡。尽管静静地死去，凑近一看，脚和触须却还在痛苦地颤动。对这样微不足道的生命来说，八铺席的房间作为它们生命终结的地方，可以说是宽广有余。

有时，岛村一面用手指捏起死去的虫子，想把它们扔掉，一面又忽然想起留在家里的孩子们。

有的飞蛾一直趴在窗外的铁丝网上，其实已经死了，碰一碰便像枯叶般飘落。也有从墙上自己掉下来的。岛村把它们放在手上端详，不由得感叹："怎么长得这么美呢？"

后来那张防虫的铁丝网也被摘掉了。虫声明显疏落了许多。

1　瓦莱里（Paul Valery，1871—1945），法国象征派诗人、评论家。代表作《海滨墓园》。

2　阿兰（Alain，1868—1951），原名爱弥儿·奥古斯特·夏提埃（Emile Auguste Chartier），法国哲学家、评论家，代表作《幸福散论》。

县界群山的颜色已浓成铁锈红，在夕阳的照耀下，如冷艳的矿石般泛着亚光，旅馆迎来红叶季的游客高峰。

“我估计今天来不了啦，有一场当地人的宴会。”当晚驹子到岛村房间的时候说。只听得大厅里传来太鼓的声音，还有女人的尖叫。没想到，就在这喧闹声最欢腾的时候，不远处传来一个清澈的声音：

“不好意思，请问有人吗？”是叶子在喊，“那个，阿驹叫我把这个带给您。”

叶子站在门外，像邮递员似的伸出手，却又慌忙跪坐下来。岛村展开那张折起来的便笺，叶子已经不见了。连句话都没来得及对她说。

“现在大家喝着酒，闹得很开心。”便笺上只歪歪扭扭地写了这么一句。

不料，没过十分钟，驹子就跌跌撞撞地走进来：

“刚才那孩子给你送来什么没有？”

“有啊。”

“是吗？”她高兴地眯起一只眼睛，“啊，真开心。我跟他们说去点酒，就这么跑出来了。还被掌柜的看见，骂了一顿。喝酒真好，就算被骂了，也不会在乎走廊的脚步声。啊，讨厌，一来你这里，马上就醉起来了。一会儿还要去干活儿呢。”

“你连指尖的颜色都很好看呢。”

“嗐，做生意嘛。那孩子说什么了？她可是个大醋坛子，你知道吗？”

“谁？”

“她会杀了你的。”

“那姑娘也去帮忙了吧？”

“她拿着酒壶，站在走廊的阴影里，一动不动地看着。一双眼睛闪闪发光。你喜欢那种眼睛吧？”

“她肯定一边看，一边觉得下流无耻吧？”

“所以我写了那张字条，让她给你带上来。我想喝水，给我水。女人啊，要是不花言巧语地把她们骗到手，她们是不知道什么叫下流的。我是不是醉了？”她抓住梳妆台的两端，要趴下似的照了照镜子，整理好衣摆便出去了。

不久，宴会好像结束了。旅馆忽然安静了，不时有盘碗相碰的声音远远传来。岛村正想着，驹子大概是带着客人去其他地方喝第二摊了，叶子又带来一张驹子折好的便笺。

“山风馆已结束，接着去梅屋，回家前过来晚安……”

岛村有些不好意思地苦笑着：“谢谢你。你是来帮忙的吗？”

“嗯。”叶子低头的时候，用那双美得让人心痛的眸子偷偷望了望岛村。岛村不知为何，感到一阵狼狈。

之前每次见面，这位姑娘都给他留下几分感动。而现在，她就若无其事地坐在他面前，这让岛村莫名地不安。她的举止过于严肃，好像总是处于什么不寻常的事态中。

“你们很忙吧？”

“嗯，但是我什么忙也帮不上。”

“我们见过好几次呢。第一次是你在火车上照看那个人的时候，当时你拜托站长多关照你弟弟，还记得吗？”

“嗯。”

“听说你习惯在睡前洗澡的时候唱歌？”

“哎呀，我这个坏毛病，太不好意思了。”她的声音美得惊人。

“我有一种感觉，仿佛自己了解你的一切。”

“是吗？是听阿驹说的吗？”

“她没说什么，甚至不太愿意提起你呢。”

“是吗？”叶子轻轻地转过脸去，“阿驹人很好，就是太可怜了。请你好好待她。”

她讲得很快，讲到后面，声音微微发颤。

“可是，我什么都无法为她做啊。”

这下，叶子仿佛整个身子都在颤抖，危险的辉光似乎就要出现在她的脸上。岛村忙移开目光，笑着说道：“说不定我应该早点回东京去呢。”

“我也要去东京。”

“什么时候？”

“什么时候都行。”

“那我回去的时候，带你一起走好吗？”

“嗯，请把我带走吧。”她说得满不在乎，但语气却十分真诚，岛村吃了一惊。

“只要你家里人同意就行。”

“我的家人，只有一个在铁路上班的弟弟。我自己做主就好。”

“你去东京，有什么打算吗？”

“没有。”

“和她商量过吗？”

“阿驹吗？我讨厌阿驹，所以没和她说过。”

也许是不再那么紧张，她说着，抬起眼来看着岛村，眼睛有些湿润。这样的叶子，在岛村看来有一种特殊的魅力。可不知为何，这一来，他对驹子的爱意反倒如熊熊燃烧的烈火一般汹涌而至。岛村甚至想，如果和这位来历不明的姑娘一同回去，做出私奔的假象，也不失为一种向驹子谢罪的极端方法。或者说，也是一种刑罚。

“你就这样和一个男人走，不害怕吗？”

“为什么要害怕？”

“至少要先在东京找到一个落脚的地方，或者先定好要去东京做什么，不然不是太冒险了吗？”

“我一个女人，怎样都会有办法的。”叶子优美地将话音向上一挑，盯着岛村，“你能不能雇我做女佣？”

“什么？做女佣？”

“我也不想当女佣。”

“以前在东京的时候，你是做什么的呢？”

“护士。”

“在医院或学校工作过吗？”

“没有，只是想要当护士而已。”

岛村又回忆起叶子在火车上照拂师傅之子的模样，不禁面露微笑。看来那份认真劲儿里，还隐含着她的志向。

“那么，你若这次去东京，是想学习护理知识了？”

“我已经不想当护士了。”

“这么没定性可是不行呀。”

“哎呀，什么定性不定性的，好烦啊！”叶子反驳似的笑了。

那笑声也是高而清澈到近乎哀伤，听不出丝毫愚笨，却在岛村的心上空落落地敲了几下，然后渐渐消逝。

“有什么好笑的？”

“因为我只想看护一个人。”

“什么？”

“现在已经办不到了。”

“是吗？”岛村又冷不防被打了一下，静静地说，“听说你每天都去荞麦田下面上坟，是吗？”

“是。”

“你觉得这一辈子都不会再照顾别的病人，也不会再给别人上坟了吗？”

“不会了。”

“那你还能舍下那座坟去东京吗？”

“哎呀，抱歉。请把我带走吧！”

“驹子说，你是个大醋坛子。那个人不是驹子的未婚夫吗？”

“行男吗？瞎说，根本不是啦。”

“我还听说你讨厌驹子，是怎么回事呢？”

“阿驹？”叶子的反应像是驹子就在旁边似的。她盯着岛村，眼睛闪闪发光：“请你对阿驹好一些吧。”

“我什么也不能为她做啊。”

有泪水从叶子的眼角流下来。她捏着一只落在铺席上的小飞蛾，抽抽噎噎地说道：“阿驹说我快要疯了。”

她撂下这句话就出了房间。

岛村只觉得浑身发冷。

他捏起叶子弄死的飞蛾，打开窗户要扔出去的时候，看见驹子喝得醉醺醺的，正欠起身子，和客人猜拳。天空灰蒙蒙一片。岛村往室内温泉去了。

叶子带着旅馆的小孩，走进隔壁的女浴池。

岛村听见她让孩子脱衣、洗澡，话语格外亲切，声音甜美动人，俨然一个天真烂漫的妈妈。

接着，她又用那熟悉的声音唱起歌谣。

……

来到后院瞧一瞧，

三棵梨子树，

三棵大杉树，

一共六棵树。

乌鸦把窝

搭在下面，

麻雀把窝
搭在上面。
森林里的蟋蟀
啾啾叫呀。
阿杉给朋友上坟，
一处一处又一处地
上坟呀。

听着她用稚气的声音轻快地唱起这首拍皮球的歌谣，唱得活泼又欢乐，岛村不觉怀疑，刚才见到的那个叶子，难道是自己梦中的景象？

叶子不停地和孩子聊天，直到走出浴池，她的声音依然像笛声一般在池水中萦绕。秋夜深沉，四周宁静无声，玄关处陈旧的木地板泛着黑亮的光，桐木的三弦琴箱靠在墙边。岛村不由被吸引过去，想看看琴箱上写的艺伎名字。这时，驹子从洗盘碗的那边走了过来。

“你在看什么呢？”

“这个人今天住在这里吗？”

“谁？哦，这个人？你是不是傻呀，这么沉的东西，谁会每天背着它来回走呀？有时候在这里一放就是好几天呢。”

她刚笑着说完，就闭起眼，痛苦地喘了口气，解开衣摆，摇摇晃晃地倒在岛村身上。

“啊，你送送我吧。”

“你又何必要回去呢？”

“不行，不行，我得回去。刚才那是当地人的宴会，大家都去续第二场了，只有我一个人留下来。要是这里有宴会还好说，一会儿朋友们回来的时候邀我一起去泡澡，如果我不在家，就说不过去了。”

驹子醉得厉害，居然还能在陡坡上健步如飞。

“是你把那孩子弄哭的吧？”

“这么看来，她是有点疯疯癫癫的呢。”

“你这样看人家，有意思吗？”

“不是你说她快疯了吗？她好像是想起你说的这话，才抽抽搭搭地哭起来了呢。”

“那好吧。”

“那之后没过去十分钟，她就去泡澡了，还唱了好听的歌。”

“那孩子习惯在泡澡的时候唱歌。”

“她还认真地拜托我，要我好好对待你。”

“真是笨蛋。不过，这种话你用不着来跟我吹嘘啦。”

“吹嘘？不知道为什么，你一提到那姑娘，就总是莫名其妙地闹脾气呢。”

“你是不是想要她？”

“你看，怎么这样说话呢？”

“我可没开玩笑。我每次看着那孩子，都担心她迟早会成为我的大包袱。说不上原因，但总有这种感觉。如果你喜欢她的话，就仔细观察观察她。你一定也会有这种感觉的。”驹子把手搭在岛村肩上，娇媚地靠着他，忽然摇摇头，“不对，如果有你这种人帮忙，那孩子说不定也不至于疯。你来帮我背这个包袱吧？”

“别胡说八道了。”

“你是不是以为我这是醉了说胡话？想想那孩子能在你身边被呵护着，我情愿在这大山里糟蹋自己。多痛快呀！”

“喂！”

“你少来管我！”驹子小跑着逃开，“咚”地撞到挡雨板上，她的家已经到了。

“看来他们以为你今天不回来了。”

“不，门没上锁。”

驹子半拖半抱地拉起门底，大门吱吱嘎嘎地开了。她悄声说道：

“进去坐坐再走？”

“可都这么晚了。”

“家里人都睡着了。”

岛村到底还是踌躇了。

“那我送送你。”

“不用了。”

“不行，你不是还没见过我新的房间吗？”

两人从后门进来，只见一家人睡得歪七扭八。盖的被子是这一带做雪裤用的棉布做的，还都褪了色，硬邦邦的。雇主夫妻和十七八岁的女儿睡在外侧，昏暗的灯光下还有五六个孩子，随意朝某个方向睡着。看上去怪寒酸的，却又充满生气。

沉睡中的呼吸温暖而有力，差点将岛村推出门去。他不由得想往外走，驹子却单手拉上了身后的门，毫不顾忌地从地板上踩了过去。岛村蹑手蹑脚地走过孩子们的枕边之后，有一丝怪异的快感在心头颤动不息。

“你在这里等一会儿，我去把二楼的灯点亮。”

“不用了。”岛村从漆黑的楼梯间爬上去。回头一看，一张张朴素的睡脸的对面，是粗点心铺的店面。

二层有四个房间，都铺着陈旧的席子，很有农家风范。

“楼上就我一个人，论宽敞是很宽敞的。”驹子说着，将每个房间的纸门都敞开。旧家具什么的都堆在另一个房间里，驹子的小床铺在一扇熏黑的纸门里，墙上挂着赴宴时穿的衣服，简直像个狐狸洞。

驹子轻快地坐到床上，把仅有的一个坐垫让给岛村。

“哎呀，脸好红。”她照了照镜子，“我喝了那么多吗？”

接着在衣柜上找了一会儿：“给你，日记。”

“有这么多啊。”

她又从衣柜旁边拿出一个用千代纸[1]糊的小盒子，各式各样的香烟装了一整盒。

“客人送我的烟，我都装到袖子或腰带里带回来了。虽然皱皱巴巴的，但不脏，什么牌子的都有。”她在岛村面前伸出一只

1　以木板彩印各种图案的和纸。

手，在盒子里翻弄着。

“呀，没有火柴了。我把烟戒了，就用不上了。”

“不用了。你在做针线活儿吗？”

“嗯。红叶季客人太多，一直没时间做。”驹子转身收拾起衣柜前面缝了一半的东西。

大约是先前住在东京时留下来的纪念吧，直木纹的漂亮衣柜和华丽的朱漆针线盒仍然摆在冷冷清清的二楼，和她住在师傅家那间老旧纸箱似的阁楼房间时一样，看得人心痛。

电灯上垂下一根细绳，下面便是枕头。

“读完书要睡觉的时候，拽一下，灯就关上了。”驹子把玩着那根细绳，不知怎的，像良家女子一样乖巧地坐着，似乎有些羞涩。

“就像狐狸出嫁似的。”

“真是的。”

“要在这间屋子里住上四年吗？”

“已经过去半年啦，四年一晃就会过去。”

楼下传来人们熟睡的鼻息，岛村一时间接不上话头，匆匆忙忙地站了起来。

驹子一面关门，一面将脑袋伸出去望了望夜空：“看来快下雪了。红叶季也快过去啦。”说着又走出来，“这一带在山里，红叶还没落就会下雪。”

“我走了，你休息吧。”

“我送送你。送到旅馆门口。”

然而，她却和岛村一起进了旅馆，说了一句“晚安喽”便不知去了哪里。过了一会儿，又端来两满杯冷酒，一进他的房间，就兴致勃勃地说：

“来，喝酒，喝一杯吧！”

“旅馆的人都睡了，你从哪里弄来的酒？”

“嗯，我知道哪个地方有酒。”

看来驹子从酒桶倒酒的时候已经喝了一些，方才的醉意好像又回来了。她眯着眼，眼睁睁地瞧着酒从杯子里洒出来。

“不过，在暗处干杯，没什么味道呢。”

岛村接过驹子递来的那杯冷酒，一饮而尽。

这么一点酒不可能喝醉，但也许是刚才在外面冻着了，岛村突然一阵恶心，头也变得昏沉。他大概也知道自己面色苍白，于是闭上眼躺下来。驹子慌忙过来照拂。不久，女人温热的身子让岛村彻底踏实下来，像个孩子一般安心。

驹子仿佛有些害羞，她抱着岛村，就像一个还未为人母的姑娘抱着别人的孩子，抬头望着孩子的睡脸。

良久，岛村嘟囔了一句：

“你是个好孩子。”

“为什么这么说？我哪里好？”

“你就是好啊！”

“是吗？真讨厌，瞎说什么呢，给我正经点儿。”驹子扭过脸去，摇晃着岛村，断断续续地骂了他几句，就默不作声了。

过了一会儿，她含着笑自言自语道：

“这样不好，我怪难受的。你还是回去吧，我已经没有衣服可换了。每次到你这里来，都想把赴宴穿的衣服换下来，现在自己的衣服全都穿过了，身上这件是跟朋友借的。我是个坏姑娘吧？”

岛村一句话也没说。

“我这样，哪里好了？”驹子有些哽咽，“第一次见面的时候，我觉得你是个讨厌的人。没有人像你那样，说那么没礼貌的话。当时我真的很讨厌你。”

岛村点点头。

“唉，这些我以前一直没对你说过。你明白吗？让一个女人说出这种话来，这可怎么是好呢？”

“我不在乎。”

“是吗？”驹子好像在回忆自己的过去，安静了许久。此间，岛村切实感受到了一个女人生命的鲜活与温暖。

“你是个好女人啊！”

“怎么个好法？”

“就是好。”

“莫名其妙的人。”驹子像是肩上觉得痒，把脸藏了起来。不知想起什么，突然撑起一只胳膊，抬起头问：“你这话是什么意思？嗯，到底什么意思？”

岛村吃惊地望着驹子。

“说说看，你觉得我是个好女人，所以才老往这儿跑的吗？你在笑话我吧？你到底还是在笑话我啊。”

驹子满面通红，瞪着岛村诘问。她气得肩膀剧烈颤抖，脸色倏地苍白起来，泪水大颗大颗地滚落。

“真受不了，啊，凭什么！”她跌跌撞撞地爬起来，背朝岛村而坐。

等岛村明白驹子将他的话误会成了什么，顿时恍然大悟，心头一紧，但他仍闭着眼，保持沉默。

“太伤心了！”驹子嘟囔着，把身子缩成一团趴着。

后来，她大概是哭得累了，便用银发簪在席子上戳来戳去，忽然又走出了房间。

岛村没能去追她。被驹子那样一说，他整个人歉疚难当。

但是驹子很快又踮着脚尖回来了，从纸拉门外面捏着嗓子喊：

“喂，你要不要泡澡啊？”

“好啊。”

“刚刚是我不好。这会儿又想通了。”

岛村见她躲在走廊上站着，也没有要进屋的意思，于是拿了毛巾出去。驹子避开他的目光，微低着头走在前面，那样子好像罪行曝光后被人拖着走。到了浴池，身子暖和起来又欢腾得不像话，毫无睡意，看着让人心疼。

第二天早上，岛村被一段谣曲唤醒。

他静静地听了一会儿。驹子从梳妆台前转过头来，粲然一笑：

“是梅屋的客人唱的。昨天晚上宴会后不是把我叫过去了吗？”

“是谣曲会的旅行团吗？”

“嗯。”

“下雪了吧？”

“嗯。”驹子起身，唰地拉开纸门给他看。

“红叶季就这样过去啦。”

窗框区隔出来的灰色天空中，鹅毛大雪纷纷扬扬，飘洒而下。一切宛如宁静的谎言。岛村睡眼蒙眬，恍惚地望着窗外。

唱谣曲的人们还打起鼓来。

岛村想起去年年底那面映着晨雪的镜子，往梳妆台望去，镜中之雪大如牡丹，冰凉的花瓣显得越发硕大，在敞开领口揩拭脖颈的驹子四周，飘舞出一条条白线。

驹子的肌肤像刚洗过一样洁净。没想到这女人会将岛村的一句无心之言误会成那个样子，反而更让难掩的悲伤无处遁形。

远山日渐暗淡的红叶，在初雪的洗涤下又恢复了鲜艳与生机。

杉树林上沾了一层薄雪，一棵棵杉树立在雪地里，轮廓格外分明，凌厉地伸向苍穹。

雪中缫丝，雪中织布，雪水漂洗，雪上晾晒。从纺纱到织布，一切都在雪中完成。所以古书有云：“有雪才有绉绸，雪为绉绸之母。”

这雪国的麻绉，是村里的女人们在雪季漫长的蛰居生活中织就的手工艺品。岛村也曾在古着店寻找过这种面料来做夏服。因为对舞蹈的研究，他认识经营能乐戏服的古着店。岛村非常喜欢这种布料，以至于拜托店家，只要进到质量好的麻绉，随时通知他去看看。还用它做了一件贴身的单衣。

据说，以前每逢撤下厚厚的挡雪布帘、冰雪消融的春天到来之时，村里都会办一场绉绸的市集。三大都市[1]的布匹商不远万里地赶来，这些人甚至有经常投宿的旅馆。姑娘们耗费半年心血织成绉绸，也就是为了到市集上这一遭。因此，远近各村的男男女女都会聚拢过来，市集除了交易绉绸，还搭起杂耍戏棚和杂货摊，像小镇的祭祀活动一样，热闹非凡。绉绸上系着纸片，上面写着织布姑娘的姓名和住处，还根据布的质量定为一等、二等。甚至有人据此挑选媳妇。姑娘们自由学习织布，只有十五六岁到二十四五岁的年轻姑娘，方能织出上等的绉绸。年岁大了，织出的布面就会失去光泽。要想成为数一数二的织布姑娘，须得磨砺技艺。再说，从旧历十月开始缫丝，直到第二年二月中旬完成晾晒，这期间大雪封山，除却专心织布，她们整日无事可做，势必将一腔心血全部投注在织出的布匹上。

岛村穿的绉绸里，说不定有的还是江户末年到明治初年的姑娘织出来的呢。

至今，岛村依然常把自己穿的绉绸拿出来，在雪地里晾晒。每年都把不知道什么人穿过的古着送到原产地晾晒，虽然是件麻

1 指东京、京都和大阪。

烦事，但一想到这些衣裳凝聚着从前的姑娘们在冰封雪冻时节倾注的心血，他还是希望能将它们送到织布姑娘的故乡，以地道的晾晒方式悉心保养。白麻绉绸晾晒在厚厚的雪地上，沐浴着晨光，分不清染上一抹曙红的究竟是雪还是麻布。只消想象出这样一番情景，夏天留下的污垢便仿佛涤荡得干干净净，浑身上下都好像焕然一新似的。不过，晾晒之事都由东京的古着店一手操办，从前正宗的晾晒方式如今是否仍在延续，岛村是不知道的。

晾晒铺子自古就有。很少有织布姑娘会在自家晾晒，大多都拿到铺子里去。白麻绉绸是先织好再晾，有颜色的绉绸则是织成线后放在绷架上晾晒。白麻绉绸晾晒时直接铺在雪地上。晾晒时间是旧历一月到二月，据说有人会把盖着厚厚积雪的水田或旱田当作晾晒场。

无论是布匹，还是丝线，都要在碱水中浸泡一整夜，第二天早上用水洗过几次，拧干后再晾。要这样反复好几天。曾有古人写到，白麻绉绸即将完成晾晒的日子，遇到朝阳升起，红彤彤地照在上面，那风景简直美不胜收，真想让南国的人也看一看。绉绸晾晒完成，也等同于向人们宣告雪国的春天已然走近。

绉绸的产地离这个温泉村很近，就在山谷渐渐开阔的那片河流下游的原野上，从岛村的房间隐约也能看见。过去有绉绸市集的小镇都通了火车，如今已经成为知名的机织工业区。

但是，无论是穿绉绸的盛夏，还是织绉绸的隆冬，岛村都没有到这个温泉村来过，也就没机会和驹子聊起绉绸的话题。他原本也不是有兴趣探访古时民间艺术遗迹的那种人。

然而，听见叶子在浴池里唱歌，岛村忽然想到，这姑娘若生在那个年代，恐怕也会踩着纺车或织布机放声歌唱吧。叶子的歌声中，充满了古雅的情调。

据说麻线比毛发还细，不借助天然的冰雪回潮很难处理，因此在阴冷的天气纺织为好。过去还有一种说法："寒冷的天气里纺织的麻布，夏天穿在身上冰凉舒爽，是因为达到了大自然的阴阳调和。"整日缠着岛村的驹子身上，仿佛也有一股天生的凉意。所以每当驹子热情似火的时候，岛村都觉得她格外惹人疼惜。

但是，他对驹子的疼爱，还不如对一匹绉绸那样实在，连一个切实的痕迹都留不下来。在工艺品中，穿在身上的布匹是寿命相对短的，但若悉心保养，绉绸穿五十年甚至更久也不会褪色。然而人与人的依恋，竟不如一匹绉绸来得长久。岛村茫茫然想着这些，脑海中忽然浮现出驹子和其他男人生了孩子、成为母亲的样子，不禁吓了一跳，惊惶地望了望四周。他想，自己也许是太累了吧。

岛村这次在雪国逗留了很久，仿佛已然忘记还要回到自己有妻有小的家。倒不是因为离不开这里，也不是因为和驹子难舍难分，只是习惯了等她频频来与自己相会。如此一来，驹子越是无望地追求，岛村越是苛责自己——难道我已经如同一具行尸走肉？明明感到寂寞，却甘愿无动于衷地沉默。在岛村看来，驹子深深嵌入自己的心，是一件不可思议的事。岛村了解驹子的一切，驹子却对岛村几乎一无所知。驹子撞上虚无的墙壁发出回声，那声音在岛村听来，好像一场下在自己心底的雪。毕竟岛村无法一直任性地在这里待下去。

岛村意识到，自己这次回去之后，恐怕暂时是不会再来这个温泉村了。雪季将至，他靠在火盆边，旅馆老板特意为他拿出一只京都产的古老铁壶，热水时发出柔和的松涛声。铁壶上精巧地镶嵌着银制的花鸟图案，阵阵松涛如有两重，细听能辨出远近之分。远处那重松涛之外，隐约还有一只小铃铛轻巧地鸣响。岛村将耳朵贴在铁壶边，仔细听那铃声，忽然看见驹子的一双小脚，迈着如铃声般细碎的步子，从铃声悠然不绝的远方走来。他大吃一惊，定下心意：事已至此，自己非离开这里不可了。

于是，岛村打算去绉绸的产地看一看，也想趁此机会离开这个温泉村。

可是河下游有好多个产绉绸的小镇，岛村不知道该去哪个好。他不想看现在已经发展成机织工业区的大镇，于是在一个清冷的小站下了火车。走了一段，来到小镇大街上，这里大概是以前的驿站街。

家家户户的房檐都伸得很长，支撑房檐的柱子在路边竖成一排。在雪国，人们以前管这种延长的走廊叫“雁木”，和江户的“店下”很像，积雪深的时候，这里就成了往来的通道。路的一侧，房屋鳞次栉比，长长的房檐也就接续下去。

由于房屋一间挨着一间，没有清扫屋顶积雪的空间，无法将雪堆到路中央，人们便站在大屋檐顶上，把雪直接铲到路中间的雪堤上去。从路的这一侧走到那一侧，要在雪堤中间打开一个个洞，挖出隧道才行。这在当地好像叫“胎里钻”。

同在雪国之中，驹子所在的温泉村没有延续的屋檐，所以岛村在这个小镇上第一次见到雁木。他带着新鲜感，在长廊中走了一阵。古老的房檐下光线暗淡。柱子歪斜，有些柱脚已经开始腐烂，让他觉得自己仿佛在窥探世世代代埋没于雪中的阴沉而忧郁的人家。

织布姑娘们在大雪深处从事手工劳动的生活，不会像她们织成的绉绸那般清爽而明朗。这座古老的小镇，足以给岛村留下这样的印象。记载绉绸的古书中也引用过中国唐朝秦韬玉[1]的诗。但据说当时无人愿意雇用机织女工织布，是因为织出一匹绉绸花费的时间太长，成本高，不划算。

那些呕心沥血的无名工人早已死去，唯有美丽的绉绸仍存于世上，成为岛村这类人奢侈的衣裳，夏天穿上沁凉舒爽。这原本不足为奇的事，岛村却忽然觉得不可思议起来。难道所有一往情深的爱恋，迟早会在某个不经意间成为对所爱之人的鞭笞吗？他从雁木下面走到马路上。

小镇的大街又直又长，和驿站街的布局很像。这条街大概由来已久，是从温泉村一路通过来的。木板屋顶也和温泉村的一样，压着横木和石块。

房檐下的柱子投出淡淡的阴影，不知不觉已近黄昏。

此处再无值得看的风景，岛村又坐上火车，到下一个镇上瞧

1　唐末政治家、诗人。“苦恨年年压金线，为他人作嫁衣裳”（《贫女》）为其创作的唐诗名句。

了瞧。和上一个小镇大同小异。他还是无所事事地闲晃一阵，然后去吃一碗乌冬面，抵御寒气。

乌冬店在河岸上，这条河大概也是从温泉那边流过来的。尼姑们三五成群地从桥上走过。她们穿着草鞋，当中还有人背着圆斗笠，像是化缘归来。有一种倦鸟急急归巢的感觉。

“这里有很多尼姑经过啊？”岛村问店里的女人。

“是的，那边的山里有一座尼姑庵。下了雪，从山里往外走可就困难啦。”

桥的对岸，暮色四合的山林已是一片白茫茫。

在雪国，树叶飘落、寒风凛冽的时候，总是连日阴沉，冷飕飕的。这样的天气就离下雪不远了。远近的高山白茫茫一片，这叫作“云绕群山”。临海的地方海潮呜咽，大山深处则有隆隆山鸣，听来有如远雷，这叫作“海吼山鸣”。看见云绕群山，或听见海吼山鸣，便知大雪将至——岛村想起，古书上是这样写的。

赖床并听到赏红叶的客人唱谣曲的那天，下了初雪。今年是否已经海吼山鸣了呢？在独自旅行的温泉旅馆里，和驹子的一次次会面似乎让岛村的听觉逐渐敏锐得不同寻常，只消想象一下山海鸣动的样子，远远的轰鸣就仿佛已经在耳边回荡。

“尼姑们就要开始猫冬了吧。大概有多少人呢？”

“谁知道呢，人不少吧。”

“一群尼姑聚在一起，大雪封山的几个月，也不知道她们会做什么。以前这一带织绉绸，如果她们在尼姑庵里也能织一织就好啦。”

在好奇心的驱使下，岛村说出这一番话。乌冬店的女人听了，只是淡淡一笑。

岛村在车站等了将近两个小时回程的火车。惨淡的日头落山后，寒气彻骨，把星光擦得锃亮，冻得他手脚冰凉。

他漫无目的地跑了一趟，又回到了温泉村。车子越过熟悉的道口，驶到有守护神社的杉树林前面，眼前划过一户亮着灯火的人家，岛村顿时觉得心安。那是小饭馆菊村，门口有三四个艺伎站着聊天。

他刚想到这里面也许有驹子，就看见了她。

车速一下子慢了。似乎司机也知道岛村和驹子的关系，有意无意地放缓了速度。

岛村忽然回头，往和驹子相反的方向望去。汽车在雪地上留下两条分明的车辙，在星光照耀下竟能看得好远。

车子开到驹子面前。一转眼的工夫，驹子已飞快地跳了上来。车没有停，安静地缓缓爬上陡坡。驹子抓着车门把手，缩在车门外踏脚的地方。

驹子就像被吸住了似的跳上车，岛村只觉得有一个温暖的东西温柔地凑近了来，丝毫没觉得她的行为有什么危险。驹子抱着车窗，抬起一只胳膊。袖子滑下去，露出里面长衬衣的颜色。这色彩隔着厚厚的车窗，沁入岛村冻僵的眼帘。

驹子一面将额头贴在窗玻璃上，一面高声呼喊：

“你去哪儿了？嗯，你去哪儿了？”

“很危险的，你不要乱来！”岛村也高声回答，却更像一种甜蜜的游戏。

驹子打开门，侧着身倒进车里。不过这时车已经停了，开到了山脚下。

“你到哪里去了？”

“嗯，这个嘛……”

“哪里？”

“也没去哪里……”

看着驹子用手理好衣摆，举手投足间艺伎风范十足，岛村忽然觉得尤为珍贵。

司机一动不动地坐着。岛村发觉两人就这样坐在一辆停在路尽头的车上，似乎有些可笑，便说：“我们下车吧。”

但驹子将手叠在他放在膝头的手上：“哎，你的手好凉。这么凉！为什么不带我去呢？”

“说得是啊。”

“什么啊？奇怪的人。”

驹子开心地笑着，登上石板铺的小陡坡。

“你走的时候，我正好看见了。那会儿是两三点吧？”

“嗯。”

“我听见车的声音，就出来看了看。我都到大门口去了，你都没回头看看吧？”

“嗯？”

“你就是没回头看，为什么不回头呢？”

岛村吓了一跳。

“你不知道我在送你吗？”

“不知道啊。”

“你看你！”驹子还是高兴地抿着嘴笑，笑着笑着，将肩膀靠了过来，“为什么不带我去呢？你越来越冷淡了，好讨厌。”

火警的钟声突然响起。

两人回头一看：

“着火了，着火了！”

“着火了！”

山坡下，火焰从村子的正中央跃起。

驹子喊了两三声，抓住岛村的手。

黑烟滚滚，火舌在其中时隐时现。火势向四周蔓延，舔舐着周围的房檐。

“是哪里着火？你之前住的师傅的家，是不是离得很近？”

“不会的！”

“那是在哪儿？”

“更往上一点儿，靠着火车站。”

火焰穿过屋顶，冲天而起。

“啊，是蚕房！是蚕房！啊，啊，是蚕房着火了！”驹子不停地说着，把脸抵在岛村肩上，“是蚕房，是蚕房！”

火越烧越猛，但从高处向下望，广阔星空之下一片空寂，大火如同一件玩具。可是，熊熊烈焰之声又好像就在耳边，恐惧向全身袭来。岛村抱着驹子。

“没什么好怕的。”

“不，不，不！”驹子胡乱摇着头，痛哭失声。她的脸在岛村的掌心里，仿佛比平时小了一圈。绷紧的太阳穴不住地颤抖着。

她看见着火就哭了起来。可岛村却茫然，不知她为何而哭，只是抱着她。

驹子忽然止住哭泣，将脸从岛村肩上移开：

“啊，没错，蚕房在放电影，就是今晚。里面有很多人呢，你说……”

“那可就糟了。”

“会有人受伤的，会有人烧死的！”

听见陡坡上人声嘈杂，两人慌忙跑上石阶。抬头一看，高处旅馆的二层和三层基本每间屋子都敞着纸门，人们都跑到明亮的走廊上观火。庭院一角种了一排菊花，旅馆的灯光或星光勾勒出它们枯萎的枝梢，一瞬间让人觉得眼前的一切是被火光照亮的。那排菊花后面也站着人。三四个旅馆的掌柜从楼上踉踉跄跄地朝两人这边跑下来。驹子大声问：

“喂，是蚕房吗？”

“是蚕房！”

“有人受伤吗？有没有人受伤？”

“正一个个地往外救呢！放电影的时候，胶片呼啦一下着起来，火烧得可快了。我是在电话里听说的。看那边！”掌柜的和他们打了个照面，扬起一只胳膊挥了挥就走了。

“听说正把小孩一个个地从二层往下扔呢。”

"天啊，这可怎么办？"驹子追在掌柜身后走下石阶。比她晚下来的人都超过了她，驹子也跟着跑起来。岛村追在她后面。

石阶下面，火势被房屋遮挡，只能看到蹿到高处的火苗。而火警的钟声在前方一刻不停，人们奔跑着，更加令人不安。

"雪都冻成冰了，小心点，太滑。"驹子回头对岛村说着，停下脚步，"不过也是，你就不用过去了。我是担心村里人。"

驹子这么一说，岛村觉得也没错。他一松劲儿，看见脚下踩着铁轨。两人正跑到道口上。

"你看，银河多美。"

驹子喃喃着抬头望向天空，又跑了起来。

啊，银河。岛村仰起头的瞬间，身体仿佛忽地飘起来，浮到银河当中。银河近在咫尺，明亮得似乎要将他托起。云游俳人芭蕉[1]在波涛汹涌的海上所见的银河，是否也这样明艳而辽阔呢？赤裸的银河悬在眼前，仿佛随时会落下九天，以肌肤席卷暗夜里的大地，妖媚得让人胆战心惊。岛村觉得自己渺小的身影，似乎能从地上倒映入星河之中。夜空极为澄澈，不仅漫天繁星颗颗清亮，就连一处处晕着光的云朵中银沙般的颗粒，也清晰分明。并且银河仿佛深不见底，将岛村的视线也吸了进去。

"喂——喂——"岛村喊驹子，"哎——快回来呀——"

星河朝昏暗的山间垂落，驹子朝大山跑去。

1　松尾芭蕉（1644—1694），江户时代前期的俳人，把俳谐提高到文艺的高度。

她似乎提着腰下的裙裾，随着手臂的前后摆动，红色下摆时隐时现，星光灿烂的雪地将颜色衬得愈加鲜明。

岛村一口气追了上去。

驹子放缓脚步，松开裙裾，拉住岛村的手。

“你也要去吗？”

“嗯。”

“你真爱看热闹啊。”她提起拖在雪地上的下摆，“人家会笑话我的，你回去吧。”

“好，我就跟你走到前面。”

“那多不好，着火了还要带着你去，当着村里人多不好意思。”

待到岛村点头站住了，驹子又轻轻抓住他的衣袖，慢慢地往前走。

“那你找个地方等我吧，我马上就回来。哪里比较好呢？”

“哪里都行的。”

“是哦，再往前走走吧。”驹子盯着岛村的脸看了一会儿，忽然摇摇头，“算了，你真讨厌。”

她使劲从岛村身上撞过去，岛村踉跄了一下。路边的薄雪上，立着一排大葱。

“太难为情了！”驹子疾声向他发难，“你这人，不是说我是个好女人吗？你一个要走的人，为什么非要跟我说这个？”

岛村想起驹子用发簪在席子上戳来戳去的情景。

“我哭了好久，回到家也在哭！好害怕和你分开！但你还是快走吧。我永远不会忘记，自己被你说哭过。”

岛村想起驹子误会了自己的话，那话竟深深地刻进她的心里，离情别绪仿佛扼住了他的喉咙。此时，起火的地方突然人声鼎沸，又一条新的火舌喷出火星。

“哎呀，火又大了。烧成那样，四处都在冒火！”

两人这才得救了似的松了口气，又跑起来。

驹子跑得很快，木屐仿佛在冻住的雪上飞掠而过。她的手臂前后摆动——不，可以说是左右张开了，将力量集中到胸前。岛村没想到她的身材如此娇小。微胖的他一面跑一面望着驹子的身影，很快便觉得疲惫不堪。不过，驹子也突然喘不上气，趺趺撞撞地朝岛村倒过来。

“眼泪都要冻出来啦。”

驹子脸颊火热，唯有眼睛冰冷。岛村的眼睛也湿了。一眨眼，星河点点便涌在眼前。他尽力不让泪水掉下来。

“每天晚上，都能看见这样的银河吗？”

“银河？是很美呀，可不是每天都能看见。今天天很晴。”

两人一路跑来，银河从他们身后流淌到身前，驹子的脸仿佛映在银河上。

可是，她又细又高的鼻子轮廓并不分明，娇小的嘴唇也失了颜色。岛村难以相信，那横贯夜空的明亮光层竟会如此暗淡。也许点点星光比不上淡淡月色，但银河比任何满月的夜空都要明亮，照得大地上没有一丝暗影。奇怪的是，一片朦胧之中，驹子的脸像一张旧面具似的浮在天边，散发出女性之美。

抬头望去，他又一次觉得，银河仿佛要流泻而下，拥抱大地。

流动的银河宛如一大片极光，浸湿了岛村的身体，使他恍惚间以为自己站在海角天边。那是一种冷冽的孤寂，又给人妖艳的惊奇。

“你走之后，我要认认真真地生活。”驹子说着又往前走，用手整理松散的发髻。走出五六步，又转过身：

“你怎么了？别这样嘛。”

岛村在原地伫立。

“好吧，那你等等我。一会儿一起去你房间。”

驹子微微扬了扬左手，向前跑去。她的背影仿佛要被吸入晦暗的山谷。银河在连绵群山的尽头展开它的裙裾，也意味着又从那里开始，极为盛大地散向苍穹。因此，群山沉入更深的黑暗。

岛村走了没多久，驹子的身影就消失在影影绰绰的街道上。

前面传来“嘿咻，嘿咻，嘿咻！”的吆喝声，有人拖着水泵过街，奔跑的人群似乎接连不断。岛村也加快脚步，走到街上。两人走过的这条路前面是一个丁字路口。

又来了一台水泵。岛村让开路，跟在它后面奔跑。

那是一台古老的手压式木制水泵。除了拖着长长的绳索走在前面的一队人，还有消防员围在水泵四周，显得水泵小得可怜。

驹子也躲到路边，让水泵先过。她看见岛村，就和他一起跑。站在路边为水泵让路的人们，都跟在它后面，像被水泵吸住似的追着跑。现在，他们不过是奔向火场的人群中的两个人罢了。

“还是来看热闹了？”

“嗯。这水泵靠不住吧？是明治以前的了。”

“没错。你小心别摔倒。”

“真滑啊！”

“是啊，以后，整个晚上都刮暴风雪的时候，你应该过来看看。来不了吧？那时候，野鸡、兔子，全都会跑到人家里躲着呢。”驹子的声音随着消防员的吆喝声和人们的脚步声，显得明亮有力。岛村也觉得浑身轻快。

听见烧火的声音了。火舌在眼前舞动。驹子抓住岛村的胳膊肘。街上低矮漆黑的屋顶在火光中浮现，明明灭灭，好似起伏的呼吸。水泵压出来的水流到脚边。岛村和驹子都随着人墙自然而然地停住脚步。空气中弥漫着烧火的焦臭和煮蚕茧的味道。

之前，人群中到处高声讨论着差不多的话题，诸如是电影胶片起的火啦，有人从二楼把看电影的孩子一个个扔下来啦，有没有人受伤啦，幸亏村里的蚕和米现在都不放在那里啦，等等。此时面对大火，大家都默然失声。无论远近，整个火场被唯一的寂静笼罩。好像大家都在聆听火声和水泵声。

不时有迟来的村民赶到，四处大喊亲人的名字。有人回应，便高兴地大叫。只有他们的声音充满生气。警钟已经不响了。

为了避人耳目，岛村离驹子稍远，站在一群孩子身后。火光灼灼，孩子们往后退了几步。脚边的雪好像也松软了一些。人墙前面的雪已经融在火与水中，纷乱的脚印踩出一片泥泞。

这里是蚕房旁边的旱田，和岛村他们一起赶来的村里人大多都站在这里。

火大概是从摆着放映机的入口那边着起来的，蚕房的一半屋顶和墙壁已经烧掉，柱子和房梁等骨架立在浓烟之中。除了木板屋顶、木板墙和木地板，房间里空无一物，所以里面的烟并不多；屋顶也浇足了水，看上去不会烧起来。可是火势并没有收束的迹象，火苗从意想不到的地方冒出来。三台水泵的水慌忙浇过去，一瞬间火星四溅，黑烟冲天。

那些火星向着银河飘散，岛村又觉得自己慢慢被捞到银河上。黑烟冲上银河，银河却飞流直下。没有对准屋顶的水柱晃晃悠悠的，变成一片白蒙蒙的水雾，仿佛也映着银河的光。

驹子不知什么时候走到岛村旁边，握住了他的手。岛村转头看了看她，没有出声。驹子定定地望着烈火，认真的脸上红彤彤的，摇曳的火光照得她的脸忽明忽暗。岛村心头涌起一股热烈的情感。驹子的发髻蓬松，颈子向前探着。岛村突然想将手伸过去，指尖却在颤抖。他的手也很温暖，而驹子的手更加滚烫。不知道为什么，岛村感到离别近在眼前。

入口处不知是柱子还是什么又冒出火来，水泵的水一股脑儿地浇过去，屋脊和房梁上腾起一缕缕白烟，摇摇欲坠。

围观的人们忽然倒抽一口冷气，只见一个女人从上面掉了下来。

为了让蚕房也有小剧场的功用，二楼马马虎虎地设了观众席。说是二楼，其实很矮，从二楼掉到地上，只要短短的一瞬。尽管如此，却好像有足够的时间让人们清楚地捕捉到她坠落的姿势。也许是她掉下来的样子实在奇怪，像一只木偶的缘故吧，一眼就能看出她已经失去意识，掉下来的时候也没有叫喊。她落在积水的地面上，也没有扬起尘埃。也就是说，她落在新蔓延开来的火苗与死灰复燃的余烬中间。

一台水泵正对着死灰复燃的余烬，斜着喷出一条弓形的水柱，女人的身体忽然出现在它面前。女人就是这样落下来的，身体在空中保持水平。岛村虽然心头一跳，却不曾感到突如其来的危险或恐惧。眼前的一切宛如非现实世界的幻影。僵硬的身体从空中坠落，变得柔软，但那女人像人偶般毫无挣扎，似乎因没有生命而无拘无束。在她身上，仿佛生与死都已休止。若说岛村心中也闪过一丝不安，那就是担心女人伸直的身体会不会头朝下，腰或膝盖会不会弯曲。看上去好像有这种可能，但她最终还是平躺着掉在地上。

“啊！”

驹子尖叫一声，捂住双眼。岛村则是眼睛一眨也不眨地看着。

岛村是什么时候才发现，掉下来的女人就是叶子的呢？人群倒抽一口冷气和驹子放声尖叫，其实好像都发生在同一个瞬间。叶子的小腿在地上痉挛，也是在那一瞬间。

驹子的惨叫贯穿了岛村全身。随着叶子小腿的痉挛，岛村从头到脚都在一股游走的凉意下抽搐起来。某种难以承受的痛苦和悲哀向他袭来，令他的心狂跳。

叶子的痉挛十分微弱，几乎难以分辨，很快便停止了。

在痉挛到来之前，岛村先看到的是叶子的脸和她身上那件红色箭羽碎纹的和服。叶子仰面朝天地掉下来，衣摆翻卷到一条腿膝盖稍靠上的位置。尽管摔在地上，也只有小腿痉挛几下，整个人似乎仍然昏迷不醒。岛村不知为何，还是没有感受到死亡的气息，只觉得叶子的身体里，生命正在变形，处于变化之中。

叶子掉下来的二楼看台上，有两三根木头骨架倒下来，在叶子脸上燃烧。她那双直指人心的美丽眼睛紧闭着，下巴翘起，伸长了脖颈。火光在她苍白的脸上摇曳。

岛村猝然想起几年前，自己到这温泉村与驹子会面的时候。那时他在火车上，看到野山的灯火恰好映上叶子的脸庞。想到这里，他的心头又是一阵颤动。火光仿佛瞬间照亮了他和驹子的点点滴滴，难以承受的痛苦和悲哀也在其中。

驹子从岛村身旁飞奔过去。这和她尖叫着捂住双眼几乎在同一瞬间，也就是围观的人群倒抽一口冷气的那一刻。

烧得焦黑的灰烬淋了水，七零八落地掉了一地。驹子拖着艺伎长长的下摆，踉踉跄跄地跑过去。她把叶子抱在胸前，想往回走。她的神色异常辛苦，而怀中的叶子垂着头，毫无生气，似乎已经奄奄一息。驹子抱着她，如同抱着自己的牺牲或惩罚。

人墙渐渐崩塌，人们你一言我一语地蜂拥而上，将二人围住。

“让一让，请让一让！”

岛村听见驹子的叫喊。

“这孩子疯了！她疯了！”

驹子的声音近乎疯狂，岛村想要靠近她，却被想从驹子手中接过叶子的男人们挤得东倒西歪。待他稳住身子，抬头仰望的瞬间，银河仿佛“哗啦”一声，砸在他的心坎上。

水月

有一天，京子决定用手镜给躺在二楼病榻上的丈夫照一照自己的菜园。对卧床不起的丈夫来说，仅仅如此，也如同展开一种新的生活。所以，绝不能说是“仅仅如此”。

这手镜是京子的嫁妆——梳妆台上带的。梳妆台不大，却是桑木做的，手镜也是桑木的。她至今记得，新婚的时候，为了照出后面的头发，用两面镜子对着看，一不留神袖口滑下去，露出了胳膊肘，让她羞红了脸。就是那面手镜。

她也记得，从温泉出来的时候，丈夫说：“你好笨啊，要照哪里？我给你拿着。”说着便夺过手镜，从各种角度将京子的后颈照到梳妆台的镜子上，看上去相当乐在其中。仿佛用镜子一照，又有新发现似的。京子并不笨，只是被丈夫从身后盯着，才浑身不自然。

后来，那手镜就一直放在抽屉里，时间并没有过去多久，连桑木的颜色都没有变。可这中间，经过了战争、疏散、丈夫重病，待京子忽然想到将菜园照给丈夫看的时候，手镜表面已经蒙上一层云翳，镜框已经让脂粉和灰尘弄脏了。当然，拿来照是不妨事的，京子也不介意，或者说是根本没注意到那些。可从那天开始，手镜再也没离开丈夫枕边。无所事事和病人特有的神经质，让他把镜子和镜框都擦得干干净净。镜面明明很干净，京子还是经常看见丈夫先是朝它哈哈气，接着擦了又擦。京子有时会想：在那肉眼看不到的、镶嵌镜面的镜框缝隙里，一定藏着不少结核病菌。就连偶尔给丈夫的头发抹一些山茶油，替他梳头，丈夫都要用手掌蹭蹭头发，在手镜的桑木上摩挲。桑木梳妆台暗淡无光，桑木手镜却油光润亮。

京子带着同一张梳妆台再婚了。

不过，手镜入了前夫的棺木，一并烧掉了。换了一面新的镰仓木雕手镜，和梳妆台相配。

前夫去世后，遵从风俗习惯，要立刻将他的双手合十。这样就是躺进棺材，也无法让他手中拿着手镜了。于是，京子将手镜放在他胸前。

"你生前总说胸口痛，放上这面小镜子，也会觉得沉吧？"

京子喃喃着，又将手镜换到丈夫腹部的位置。起初放在胸前，是因为京子觉得，这面手镜是两人婚后生活中很重要的东西。将手镜放进棺材时，她想尽量避开丈夫的父母和兄弟的眼睛，便在手镜上盖了一束白色的菊花。最终谁也没有察觉。捡骨的时候，才发现镜玻璃在火焰的温度下熔化变形了不少，胀起一个弧面，面上凹凸不平，熏得一块黑一块黄。有人见了问："这是玻璃吧？也不知是个什么东西。"

其实京子在手镜上面，还放了另一面小镜子，以前是装在化妆盒里的。那是一面窄长条形状的小镜子，玻璃的正反面都可以用。京子曾憧憬度蜜月时带着它。但是遇上战争，蜜月之旅没能成行。前夫在世的时候，她一次也没带着它去旅行过。

京子和现在的丈夫度了蜜月。之前的化妆盒霉得很厉害，就买了个新的。当然，也是带镜子的。

蜜月之旅的第一天，丈夫抚摩着京子的手说："还像个姑娘似的呢，真是可怜……"

他的语气没有讥讽，而是带着意想不到的喜悦。对第二任丈夫来说，也许京子越接近处女之身越好。但是，京子听到他这短短一句话，却猛然被一阵强烈的悲伤侵袭。难言的悲伤令她泪水直流，缩紧了身子。说不定这举止也让丈夫觉得她像个姑娘。

京子几乎要分不清楚，她是在为自己而哭，还是在为前夫而哭。可这本就是没法分清楚的。她这样想着，感到十分对不起这位新丈夫，心想一定要讨他的欢心才是。

"不是啦，哪里有差那么多。"后来她说。这样一说，又好像不太合适，她羞得脸上要烧起来，丈夫却好像很满意。

"你好像也没有孩子吧？"

这又刺痛了京子。

承受和前夫完全不同的另一个男人的力道，京子感到一种被玩弄的屈辱。

她本想反抗，却只说了一句："但是，也和养了个孩子差不多。"

长期卧病的前夫即便死了，在京子心里还是像个孩子。

可是，如果终归要死，当初那样严格地禁欲又有什么用处呢？

“森镇，以前我只在上越线的火车车窗里看到过……”新丈夫念着京子故乡小镇的名字，又将她搂过来，“果然是一座环抱在森林里的美丽小镇，真是名副其实。你在那里待到几岁？”

“待到从女校毕业，然后被动员到三条的军需工厂工作……”

“这样啊，京子生在三条附近。都说‘越后三条出美人’，怪不得你的身子也这样美。”

“没有的事。”京子将手按在领口上。

“看你的手脚都生得很漂亮，我想你的身子一定也很美。”

“没有。”她觉得将手放在胸前还是碍事，又悄悄拿开了。

“就算京子有小孩，我应该也会和你结婚。把孩子领养过来，好好疼爱。要是个女孩就更好了。”丈夫在京子耳边说。也许因为他自己有个男孩，才这样向她表露爱意吧。尽管如此，京子听在耳朵里，还是觉得别扭。不过，他竟愿意同自己度长达十天的蜜月，大概是考虑到家里有孩子，才如此体谅她吧。

丈夫随身带了一只旅行用的化妆盒，好像是头等皮革的。大而坚实，京子的那只无法和它相提并论，只是这只已经不新了。不知是差旅较多，还是保养得好，皮革上泛着用久后特有的光润。京子想起自己那只霉得厉害、最后一次也没用过的旧化妆盒，尽管没能派上用场，至少将里面的镜子给了前夫，让他带到另一个世界去了。

那面小小的玻璃镜在手镜上熔化，粘在手镜的玻璃上，除了京子，没有人知道它们原本是两样东西。由于京子没对任何人提起，大概也不会有亲戚认出那块奇形怪状的鼓胀的玻璃是镜子。

可是京子却觉得，那两面镜中映出的许许多多的世界，都被残酷地烧成了灰烬，如同丈夫的身体已经化为一抔尘土，同样让她感到深深的丧失。起初京子给丈夫照菜园子用的，是梳妆台配的那面手镜，丈夫一直把它放在枕边。但对病人来说，手镜仿佛也嫌太沉，京子不得不给丈夫按摩肩膀。于是，后来又给了他更轻、更小的一面镜子。

丈夫尚在人世时，用两面镜子照着看到的，不只是京子的菜园，他还看到了天空、流云、飞雪，看到了远山和近旁的树林，还有月亮。镜中还曾照出野花和飞鸟。有人从镜子里的路上走过，有孩童在镜中的庭院玩耍。

小小的镜中照出的世界之宽广、之繁盛，令京子也感到惊讶。她原先觉得，镜子不过是化妆用的，仅仅用来照出人的容貌，更不用说手镜，是只用来照照头脸和后颈的东西。可它对病人来说，却延展出崭新的大自然和人生。京子坐在丈夫枕边，陪他一起看镜子，聊镜中映出的世界。不知不觉，京子也越发分不出，哪个是眼前真实存在的世界，哪个又是镜中映出的了。它们仿佛是两个完全不同的世界，她甚至觉得，镜中出现了一个全新的世界，这个世界才是真实的。

“镜子里的天空，闪着银色的光呢。”京子说着，抬头望望窗外，“明明是灰色的阴天……”

镜中的天空，没有那种浑浊的苦闷感，的确闪闪发亮。

“是不是因为你经常擦镜子呀？”

丈夫虽然卧床不起，但动动脖子，还是能看到天空的。

“是啊，天空是浑浊的灰色。不过，人的眼睛，和狗的眼睛、麻雀的眼睛看到的天空，不一定是同一种颜色。也不知道谁的眼睛看到的颜色是对的。”

“那镜子里的颜色，是镜子的眼睛看到的？”

那时候，京子还想说：“那是我们两个人爱情的眼睛。镜中的树木比实际的更加苍翠欲滴，镜中的白百合也比实际的水灵鲜亮。”

“这是京子大拇指的指纹吧，右手的……”丈夫给她看镜子的一边。京子有些吃惊，对镜子哈了口气，将指纹擦掉。

“没关系啦。你第一次给我镜子，看蔬菜田的时候，上面也有你的指纹。”

“我没注意呢。”

“你当然不会注意啦。多亏了这镜子，我已经把京子的大拇指和食指指纹记得清清楚楚啦。能记住老婆的指纹，大概也只有久病在床的人才能做到吧。”

丈夫和京子结婚后，除了生病，可以说什么都没做。就连战时，都没去参加战争。战争行将结束的时候，丈夫也被征兵了，但只在机场做了几天建筑工人就累倒了，战争结束便回到家里。由于已经无法走路，是京子和丈夫的哥哥一同去接回来的。丈夫被征兵后，京子回到娘家避难。此前，丈夫和京子的家当也大多搬去了娘家。他们的婚房被烧毁，京子从朋友那里借了一间房，供丈夫上班时住。在婚房住了一个来月，又在朋友家里住了两个月左右。这就是京子和还未生病的丈夫一起度过的极为有限的时光。

丈夫在高原地区租了一间小房子，用来疗养。这间房子里以前也住着避难的人家，战争结束后他们便回东京去了。京子接手了避难的人留下的菜田。不过是一块两丈见方的翻好的土地，之前是个长满杂草的庭院。

住在乡下，两人份的蔬菜怎么说还是买得起的，但好不容易有一片田地，京子不舍得荒废，便在院子里种起菜来，也对亲手培育蔬菜有了兴趣。并不是想要远离病人，只是一天到晚坐在屋里缝缝补补实在无聊。同样是牵挂丈夫，不如边在田里干活儿边牵挂，这样更让人感到光明与希望。京子为了在不知不觉中沉浸于对丈夫的爱意里而去菜园劳作。读书也是，在丈夫枕边读给他听，就已经足够了。在菜园里，京子找回了因疲惫地看护病人而渐渐迷失的自我。

他们搬到高原地区是在九月中旬。后来，前来避暑的客人相继离开，入秋后连绵的阴雨下个不停，终日湿淋淋的，有些寒凉。某天黄昏，天空转晴，小鸟的啾鸣响彻云霄，京子走到日光强烈的菜园里，看见绿油油的青菜闪着光。山边的桃色云朵也让她如醉如痴。直到她听见丈夫的声音，才慌忙跑上二楼，手上沾的泥土也来不及掸，只见丈夫痛苦地喘息着。

“叫你怎么也听不见呢？”

“对不起，我没听到。”

“你别去田里干活儿了。照这样下去，连着喊上五天，我就得死啦。不管怎么说，你在哪里，在做什么，我都看不见。”

“我在院子里呀。不过，今后我不去地里忙活了。”

丈夫平静下来：

“你听见山雀叫了吗？”

丈夫喊京子，只是为了问她这句话。他说话的时候，山雀还在附近的林子里叫。那片树林在夕阳中显得格外清晰。京子自此记住了山雀这种鸟儿的叫声。

“要是有个铃铛之类能响的东西就好啦。买到铃铛之前，在枕边放一个能扔出响声的东西怎么样？”

“从二楼往下扔茶杯吗？这倒挺有意思的。”

最后，丈夫还是同意京子继续干农活儿了，京子也想到让他用镜子照出菜园的点子。此时高原地区已经度过了一个漫长的寒冬，迎来了春天。

区区一面镜子，便让病人也感受到了大地回春的喜悦。京子捉蔬菜上的虫子，镜子到底是照不出虫子的，她不得不捏着那虫子，到二楼给丈夫看。不过，她一挖土，就听到丈夫说：

“镜子里也能看见蚯蚓呢。”

日落时分，菜园里的京子有时忽然感到四周亮堂起来，抬头一看，丈夫正在二楼用镜子把光反射过来。丈夫要京子将他学生时代穿的藏青底碎白花纹土布的衣服改成雪裤，她穿着站在田里干活儿，丈夫瞧着镜子里的她，似乎也很开心。

京子知道丈夫看着镜子里的自己。在菜园劳作的时候，她有时记着这件事，有时则想不起来。新婚的时候用镜子对着梳妆，袖口滑到胳膊肘都那么害羞。那时的自己和现在简直判若两人——她这样想着，心里暖暖的。

不过，虽说是用两面镜子照着梳妆，毕竟是刚刚战败不久，大概也没办法随心所欲地涂脂抹粉。接下来又是照顾病人，又是给丈夫服丧的，京子再一次随心所欲地化妆，已经是再婚之后的事了。眼见着整个人比从前更美，这个她自己也清楚。和现在的丈夫度蜜月的第一天，对方说她漂亮，她也渐渐相信他说的是真心话了。

泡过温泉，对着梳妆台照出自己的皮肤时，京子已经不再那样害羞了。她看到了自己的美。然而，对于镜中之美，前夫已经给京子烙下了深深的印痕，那是一种与众不同的情感，到现在仍未消散。她并非不相信镜中的美，甚至可以说，她反而笃定地相信镜子里有另一个世界。不过，灰色的天空在手镜里闪着银光，眼中所见的肌肤与梳妆台的镜子里映照出的肌肤之间却没有那么大的区别。这区别恐怕不只是距离之差带来的，也许是一直卧病在床的前夫的渴望和向往在起作用。仔细想想，二楼丈夫的手镜里，在菜园劳作的京子究竟有多美，事到如今，除了京子只怕没人知道了。可就连前夫尚在人世的时候，京子本人也并不知晓。

前夫生前手中的那面镜子里，住着京子在菜园劳作的身影，还住着镜中映出的鸭跖草之湛蓝、百合之洁白，住着成群在田间嬉戏的村里的孩童，还有远处落雪山头升起的朝阳。和前夫在另一个世界的一切，京子都怀恋不已，或者说成向往更为合适。

某个五月的早上，京子在收音机里听到野鸟的叫声。那是前夫去世前住的高原附近的山中广播。京子送现在的丈夫去上班后，拿出梳妆台里的手镜，试着照了照晴朗的天空。接着，又在手镜中端详了自己的脸庞。她发现一件怪事：不用镜子来照，就看不到自己的脸。原来唯独自己看不见自己的脸。每天，人就这样望着镜中的脸拾掇自己，相信自己的脸在别人眼中就是这副模样。神明特意让人看不见自己的脸，其中究竟有什么意义呢？京子独自思考了很久。

“要是能看见自己的脸，人会不会疯掉呢？会不会什么都做不了呢？不过，也许是人类本身的进化让人类看不到自己的脸的吧？说不定蜻蜓或螳螂之类的昆虫就能看到自己的脸。”京子想。

如此说来，对自己来说最重要的脸，其实是为了给别人看的。脸也许和爱情很像吧。

京子将手镜收到梳妆台里，再一次发觉镰仓木雕和桑木梳妆台很不协调。也许是手镜随前夫一同入殓的缘故，梳妆台就落了单。不过，将那手镜和另一面小镜子拿给卧床不起的丈夫，确实有利也有弊。看到菜园时，丈夫始终也能看到他自己的脸。望着镜中的面容，不断因病情恶化而恐惧，不就等同于和死神面对面吗？如果丈夫因镜子而在心理上逐渐走向自杀的境地，那么京子就犯了在心理上杀人的罪过。京子也想到了这一危害，曾想将镜子从丈夫手中拿走，可丈夫已经不可能放下它了。

“你想让我什么都看不到吗？只要还有一口气在，我还是想爱那些我能看见的东西啊。”丈夫说。也许为了让镜中的世界存在下去，丈夫牺牲了自己的性命。大雨过后，丈夫还曾用镜子照出庭院水洼里映着的月亮来看。那月亮可以说是影中之影，如今仍然清清楚楚地浮在京子心头。

“健全的爱只住在健全的人心里。”现在的丈夫对她这样说过。京子当时自然是害羞地点了点头，却没听进心里。和病中的丈夫过着严格的禁欲生活，究竟有什么意义呢？前夫去世时，她虽然这样想过，但没过多久，这些过去就成为一种痛苦的爱情回忆。她觉得这些过去的时日也充盈着爱意，并不后悔。现在的丈夫是不是把女人的爱看得太简单了呢？

“你也是个温柔的人，为什么和太太分开了呢？”京子问现在的丈夫。对方没有回答。京子是在前夫的哥哥不住地劝说下，同意和现在的丈夫结婚的。他们交往了四个多月。年龄相差十五岁左右。

京子怀孕后，怕得连模样都变了。

“好害怕，我好害怕啊！”京子紧紧地依偎着丈夫。她孕吐很厉害，精神也有些失常，甚至会赤脚跑到院子里揪松叶。有时丈夫带来的小孩去上学，她却给孩子两个便当盒，里面都装了米饭。有时她又觉得自己忽然透过梳妆台，看到了那面镰仓木雕的手镜，不由得两眼发直。半夜醒来，坐在被子上，她俯视丈夫的睡脸。一面想着人的性命真是脆弱，感到恐惧万分，一面解下睡衣的腰带，做出要勒住丈夫脖子的动作。然后不经意间“啊”地惊叫一声，痛哭不止。丈夫睁开眼，温柔地替她系好腰带。明明是盛夏的夜晚，京子却冷得浑身发颤。

“京子，你要相信肚子里的孩子。”丈夫摇晃着她的肩膀。

医生建议住院治疗，京子起初不肯，但还是被说服了。

“我答应去医院，但在那之前，请让我回娘家待两三天。”

丈夫将她送回娘家。第二天，京子从娘家偷跑出来，前往和前夫一起生活过的高原。那是九月初，比前夫搬到这里的日子早十天左右。京子在火车上也呕意连连，头晕目眩，不安到想从火车上跳下去。但在高原的车站下了车，呼吸到清凉的空气，一下子就放松下来。好像附在身上的鬼怪跑了似的，恢复了神志。她自己也觉得奇怪，站在原地，环视围抱高原的群山。青山蕴着一抹深蓝，在空中画出鲜明的轮廓，京子感到这个世界充满生机。她一面擦着温热而湿润的双眼，一面朝从前的家的方向走去。那片曾飘浮在桃色夕阳中的树林里，此刻仍然传出山雀的歌声。

从前的家现在有人入住，二层的窗户上挂了白纱窗帘。京子没有走得太近，只是远远地望着，不经意间，喃喃出一句让她自己都吃惊的话：

“要是孩子长得像你，可要怎么办呢？”

然后，她怀抱着温暖而安稳的心情，往来时的路走去。

图书在版编目（CIP）数据

雪国 /（日）川端康成著；烨伊译 . -- 成都：四川文艺出版社，2023.8

ISBN 978-7-5411-6653-2

Ⅰ . ①雪… Ⅱ . ①川… ②烨… Ⅲ . ①中篇小说—日本—现代 ②短篇小说—日本—现代 Ⅳ . ① I313.45

中国国家版本馆 CIP 数据核字（2023）第 069134 号

XUE GUO

雪国

［日］川端康成 著 烨伊 译

出 品 人 谭清洁
特约监制 潘 良 于 北
责任编辑 邓 敏
责任校对 段 敏

出版发行 四川文艺出版社（成都市锦江区三色路 238 号）
网 址 www.scwys.com
电 话 010-82068999（市场部） 028-86361781（编辑部）

印 刷 河北鹏润印刷有限公司
成品尺寸 125mm × 185mm 开 本 32 开
印 张 4.75 字 数 100 千
版 次 2023 年 8 月第一版 印 次 2023 年 8 月第一次印刷
书 号 ISBN 978-7-5411-6653-2
定 价 52.00 元

文治
磨铁图书旗下子品牌

更好的阅读

特约监制　潘　良　于　北
产品经理　邸　树　何青泓
特约编辑　商思悦　王香力
营销编辑　金　颖　黄筱萌　黑　皮
版权支持　冷　婷　郎彤童
封面设计　艾　藤

关注我们

官方微博：@文治图书
官方豆瓣：文治图书
联系我们：wenzhibooks@xiron.net.cn